야!! 너 내꺼라고
경고 했지?

<야.내.꺼.자.까 이야기>

vol.1

<야.내.꺼.자.까 이야기>

야!! 너 내꺼라고 경고 했지?

vol.1

징검다리

1 실수

2000년 5월 8일…

오늘은 어버이날이다. 하다못해 교도소에 있는 죄수라 할지라도 오늘 하루만큼은 효도해야 하는 그런 날 말이다. 나 이은서도 이번만큼은 효도란 걸 해보고 싶었다. 그리하여 난 조그마한 선물을 준비하기로 했다. 그래도 꼴에 효도한다는 생각에 즐거운 마음으로 지갑을 열은 나 _

"아아아아아악_!!!!"

내가 지금 이렇게 집이 떠나가라 소리를 지르는 이유 _

며칠 전부터 친구들이 매점 갈 때 고픈 배 부여잡고 꾹꾹 참고 모아온 삼만 원이라는 거금 _ 그 거금이 감쪽같이 사라진 것이었다!

진정 내가 효도할 길은 없단 말인가??

오 _ 주여 ㅠ_ㅠ

온 방을 돼지우리 수준으로 만들어가면서 샅샅이 뒤졌지만 좀처럼 보일 생각을 안 하는 나의 머니~ 금쪽같은 삼만 원 _

도대체 이놈의 삼만 원은 대체 어디로 사라져 버린건지 흑… 혹시 잘 챙겨둔다고 어디다 감춰두고 기억을 못 하는건가 _?

그렇다면 정말 난 진실로 닭대가리였단 말인가 ㅠ0ㅠ??

결국… 친구한테 돈을 빌려보잔 생각에 나의 베스트 푸렌드년에게 전화를 +_+

뚜르르르르르 뚜르르르르르 〈- 매우나 원초적인 신호음 -.-

딸각

"여보세요~"

"돈 내놔."

"미친… 머래는거야? 어떤 년이야??"

"나다."

"나란 사람 몰라 끊을께."

"은서다 -_-;"

"처음부터 그렇게 말을 했어야지!! 그런데 갑자기 무슨 돈타령이냐?"

처음부터 나인 거 다 알고 있었으면서 쳇 _

그래도 곱고 고운 나의 마음씨로 꾹 눌러 참고 지지배에게 사건의 전황을 설명해줬다.

"아니 글쎄 내가 어버이날이라 효도 좀 하려고 선물이나 사볼까 해서 지갑을 열었더니 글쎄 이 돈이 어디로 가버린건지 깜쪽같이 사라져버렸잖아_ 흑… 흑"

"-_-^ 지금 그게 말이 되냐? 어케 돈이 갑자기 사라져!!! 삼만 원이 어디 작은 돈이야? 삼만 원이면 도대체 담배가 몇 갑인 줄 알어??"

역시 넌 나를 실망시키지 않는구나. 그랬다. 나의 친구는 니코틴 중독증 ㅠ_ㅠ

어쩌다 겨우 만난 남자에게 꽃다발을 받게 되도 담배가 몇 갑일까로 계산을 하는 그런 기집애.

"소리지르지 말고 돈이나 빌려줘."

"야 _!! 니가 언제부터 효도했다고… 개 풀 뜯어먹는 선물 같은 소리 집어치우고 가슴 찡한 편지나 한 장 써!! 그게 최고야 너~ 편지 한 장 효과가 어줍잖은 선물보다 효과가 훨~씬 오래간다는건 아냐? 내 말 들어. 다~~~~~언니의 경험상 충고하는 것이란다."

그래 이지지배야 너 잘났다 ˘0˘+

"정말이지??"

ㅋㅋ 일단 돈은 안 들어서 좋구나.

"말이라고 되묻니? 내말 들어~~"

"그래 알았어 _! 그럼 편지지 사러가야겠네. 나와라~ 편지지 사러가자!"

"오케이! 라이타 갖고 나와~~~"

"끊어!!"

끝까지 니코틴중독인 것을 티내는 나의 친구_ 하지만 그러면서도 라이타를 가지고 즐겁게 나가는 나이기도 했다 -_-;

"이년아 빨리 안 뛰어올래??!!"

벌써부터 나와서 소리를 지르고 있는 니코틴년_

그렇게 만난 년과 난 근처 팬시점에 들어가 편지지 한 장을 주워들었다_

헌데 편지지를 사고나니 왜 이리도 할 일이 없느냐 -_- 어쩜 이리도 할 일이 없는 건지_

"우리 너무 빨리 편지지 사버렸나 봐 ㅠㅠ"

"뭐가 _ 그럼 무슨 편지지 사는데 한 시간이나 걸려야 정상이냐?"

"아무튼 ㅠㅠ"

"질질 짜지마 _ 참!! 우리 그거 해볼까?"

"뭐?"

"화상채팅!!"

"그게 먼데??"

"무식한 것 -_- 넌 그것도 모르냐?? 왜 그거 있잖아~ 카메라로 상대방 얼굴 보면서 하는 채팅!!"

"아~ 그거? 근데 그거 잼있어?"

"몰라 _ 그러니까 해보잔 거지!! 해본 애들 말로는 잘 생긴 애들도 많다던데?"

"으흐흐흐흐 정말?? 가자!!"

"ㅡ _ㅡ…"

그렇게 니코틴년과 난 피시방으로 향했다. 그리고 무심코 장난 삼아 한 그 채팅이 설마 내 인생의 가장 큰 실수가 되어버릴지는 정말정말 당시엔 꿈에도 몰랐었다.

#피시방 안 _

"야! 이년아, 물 좋다며!! 물 좋댔잖아? 다 왜 이렇게 생긴건데?…"

부풀었던 기대와는 달리 하나같이 카메라 앞으로 대논 얼굴 꼬락서니들을 보니 갈아마셔버리고 싶구나 _

"내가 이럴 줄 알았냐 ㅡ_ㅡ 씨댕할 대체 어떤 년이 물 좋다고 한거야?"

니가 그랬잖아 니가 ㅡ_ㅡ !!

"잠깐!! 이대론 절대 못 가 _!!! 그리고 이 방 무슨 방인지는 몰라도 사람 엄청 많아서 안들어 가지네. 열 받어_! 감히 나의 길을 가로막다니 여기만 들어가 보고 가자."

"사이코같은년 ㅡ_ㅡ"

니코틴년이 뭐라구 욕을 하건말건 열심히 대화방 참여를 눌러댄 덕분에 10여 분만에 난 그 방에 침투(?) 할 수가 있었고 드디어 들어갔다는 뿌듯함에 젖어 기뻐하고 있는데 갑자기 화면 구석에서 빛이 나는걸 내 눈은 분명 감지할 수 있었다!!

"야… 야… 야야!! 주희야! 빨리빨리!! 이 사람 봐바."

"왜 갑자기 호들갑이야~ 집에 가자니까~ 보자 어디~ 누구 말하는건데?"

"이 사람!! 봐바!!"

열심히 화면에서 광채가 나는 쪽으로 손가락을 가리킨 나 _

그리고 도통 이해할 수 없단 표정으로 내가 가리킨 쪽을 바라보는 니코틴년 _

"야… 은서야… 대박이다. 어쩜… 어떻게… 저렇게 잘 생길 수가 있니??"

"그치?? 그치?? 야_! 근데 침 닦어!! 내가 꼽았어~"

어쩜 그렇게 사람에게서 광채가 날 수 있는지 _

실제로 본 것도 아니고 모니터의 조그마한 화면 안에서 움직이고 있었지만 정말정말 태어나서 처음으로 사람의 얼굴에 감동을 받았다고 해야 옳을 것이다.

대화명 〈나수엡뽀해죠〉

뽀얀 피부에 오똑한 코, 송승헌 만큼이나 짙은 눈썹, 이제서야 만났구나 ㅠ0ㅠ

태어나서 17년 살면서 너같이 잘난 놈은 또 첨이구나 _

잠시 그 녀석의 외모에 침을 질질 흘리고 정신 못 차리고 있을 때쯤 니코틴년은 소리를 질렀다.

"야_!! 너나 침 닦고 어서 작업이나 넣어 봐. 그러고 있는 사이 딴 여자들이 채가겠다~!!"

　"알았어! 좀 기다려 봐. 뛰는 가슴 진정부터 좀 하고……."

　쉴새없이 뛰는 심장을 간신히 진정시킨 후 떨리는 손을 키보드에
올려놓은 후 자판을 천천히 찍기 시작했다.

　『하이』

　『방가 ^^ 단골님 앙용뾔뾔~★』

　앙용뾔뾔?? 인사하나 귀엽게 하는구나 ㅠ^ㅠ

　넌 내가 꽉 찍었다 +_+

　『네 _나수님두요. 근데 정말 잘 생기셨네요 *^^*』

　『아~ 감사합니다. 단골님도 이뿌세요 *^^*』

　『과찬이세요 ^^*』

　말은 그렇게 했다만 솔직히 속으로는 나도 내가 이쁜 건 안단다.

　라며 기뻐하고 있었다 -_-

　알았다~ 알았어~ 왜 그렇게 책상을 무식하게 주먹으로 치고 그
래~ 애꿎은 책상이 무슨 죄가 있겠냐 _

　아무튼 그 녀석의 칭찬에 용기를 얻은 난 _!

　사실은 니코틴년이 하도 옆에서 더 물어보라고 난리를 부려서
-_-; 그 녀석에게 나이를 물어보았다.

　『실례지만 나수님 나이가 어케 되세요??』

　『제 나이요? 저는 20이에요 ^^ 님은요?』

　『저요? ^^ 저는 17이에용 홍홍』

　웃으면서 17이라 즐겁게 대답하긴 했지만 젠장 _ 이건 아니잖아.

왜 나보다 3살이나 많은 건데~!!!

이건 무슨 변괴냐 _

니가 한 살만 어리던가 내가 한 살만 더 많았어도 _ 흑

그리하여 여기서 나는 작전을 변경하기로 했다. 원래는 녀석에게 여자로서 다가갈 생각이었다.

하지만……

그 녀석과 내가 일단 세 살이나 차이가 나는 핸디캡이 있는 이상 여자로서 부딪치는 건 무리였다 _!

어느 누가 이제 막 학생딱지를 떼고서 자기보다 3살이나 어린 고삐리를 상대하랴?

그리고 솔직하게 말해서 사실은 그 녀석이 부담스럽게 잘 생겼다.

12

나? ^^ 굳이 언급하고 싶지 않다.

결론적으로 비참하지만 여자보단 동생이 더욱더 승산이 보이는 것이었다 ㅠ_ㅠ

나의 작전변경에 효과가 있었던 건지 녀석과 나의 이야기는 무르익어 가고 녀석의 관심을 받지 못하던 화장을 떡칠하고서 채팅방에서 계속해서 죽치고 있던 여자들은 하나둘씩 나가기 시작했다. 그리고 하나둘씩 방을 빠져나가는 그녀들의 눈은 꼭 이렇게 말하고 있는 듯했다.

"어디서 저런 게 굴러 들어와선 --+"

어느덧 시간은 너무 많이 흐르고 편지지를 사러 나와선 잠시 들

른 피시방에서 4시간이라는 어마어마한 시간이 흐르고 있었다.

흑 _ 오늘이 어버이날만 아니었어도 밤새도록 녀석과 채팅을 하는건데 _

『오빠 ^^ 나 그만 가봐야겠어』

『그래? 아쉽네… 훔… 그럼 연락처 적어주고 가라』

ㅋㅋㅋ 짜식~! 진작 그렇게 말을 했어야지~~~ 내가 그 말을 얼마나 기다렸다구 _ 왜 이제서야 말을 하니?

마치 기다렸단 듯

아니 실제로 정말 기다렸지만 -_-;

난 그 녀석에게 연락처를 찍어주고선

『오빠! 나 갈게. 뱌뱌』

라는 귀여운 인사도 날려주고 접속을 종료했다.

13

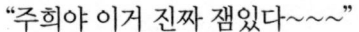

#집으로 가는 길

"주희야 이거 진짜 잼있다~~~"

"쳇 _ 너야 막판에 잘~ 생긴 놈 만났으니 그렇지~ 복도 많은 지지배 _ 난 머냐고~!! 근데 그 남자 진짜 킹카더라. 어쩜 그렇게 사람한테서 빛이 나나?"

"그러게 말이다~ 훗 _"

다시 한번 오늘 본 녀석의 빛나는 외모를 되새기며 니코틴녀과 함께 집 쪽으로 걸어 올라갔다. 그런 와중 들려오는 소리_

뜨릉 뜨릉

"먼 소리냐?"

"마이 폰 문자소리~"

"니 폰소리는 왜 그렇게 언제나 구리구리 하냐?"

정말 가끔 이럴 때마다 저 지지배 저거 진짜 친구만 아님 콱!! 밟아 쌔려버렸음 좋겠다 란 그런 생각을 자주 한다 써글_

"엥?? 호출이네?? 어떤 놈이 전화를 안하고 호출을 한 거야~!!!"

하지만 _

오랜만에 울린 폰소리라서 그런지 몰라도 통화키를 누르고 있는 나였다 _

비참한 인생이로세 ~

"말해."

머지? @.@

여보세요도 아닌 모시모시도 아닌 그렇다고 하이~ 조차 아닌

"말해."

"누구세요? ~~~;"

"그러는 넌 누구냐?"

"전 호출 받은 사람인데요?"

"아~ 꼬맹이구나. 나 나수야."

나수?? 나수??

설마 그 뽀샤시 잘난 놈??

"오… 빠?"

"그래 _ 근데 너 말투가 왜 그렇게 어리버리하냐?"

이게…… 아닌데…… 이게 정녕 방금 전 그 피시방에서 방글방글 이쁘게 웃으며 꽃을 날리던 그 녀석??

대뜸 말투가 왜 그렇게 어리버리하냐니!! 아깐 이게 아니었잖아 ㅠ0ㅠ!!

"꼬맹아, 머하냐?"

아니라고 _ 이건 아니었어 _

아까의 모습은 이게 아니었단 말이다. 왜 목소리에서부터 싸가지가 뚝뚝 묻어나고… 언제부터 내가 녀석의 꼬맹이가 되어버린건데_!!

그래… 녀석도 나와의 통화가 처음이라 긴장해서 그런걸거야 _

그럼 _ 그렇고 말고~

일단 마음을 진정시키고 ..ㅠ_ㅠ..

"오빠… 근데 내가 왜 꼬맹이야?"

"꼬맹이니까."

그… 그래… -0-…

20살인 너에 비하면 17살 밖에 안 되는 내가 꼬맹이로 보이는 건 당연한 거겠지 _

근데 왜 이리도 잘못 걸렸단 생각이 드는건지 -0- -0-

왜 이리 따뜻한 5월인데도 오한이 슬슬 드는거야!!

"꼬맹아 너 어디 산다고 했었냐? 신영동? 난 수림동 살거든?"

"응 ~ 가깝네."

"그래? 그럼 내일 보자. 내가 내일 갈게. 끊자!"

투툭!

"여보세요?? 여보세요?? 오빠!! 오빠!!"

아무리 구린 나의 핸드폰 붙잡고 소리를 질러봐도 핸드폰에선 이미 끊어졌다는 신호음만 들려올 뿐이었다 _

황당해서 땀밖에 나지 않는 나 _

아까 카메라에서 생글생글 웃으며 다정하게 굴었던 녀석의 모습과 지금 싸가지 없이 자기 할 말만 하고 끊어버린 이 녀석의 모습이 도무지 날 헷갈리게 한다 -0-

괜시리 복잡해서 터질 것 같은 나의 머리 _

니코틴년을 보내고 집으로 들어와 부모님께 그저 이런 지지배 낳으셔서 고생하셨소! 라고 편지 한 장 남긴 후 침대에 누웠다.

그렇게 내 인생의 가장 큰 실수를 한 5월 8일은 지나가고 있었다.

16

2 첫 만남

그리고 어김없이 찾아오는 아침! 언제나 그렇듯 우리 집의 아침은 전쟁통이다.

"엄마 나 교복치마 !!!"

"엄마 나 교복바지!!!"

"여보 내 면도기가 어딨지??"

시끌시끌_

"내가 어떻게 알아!! 전날 밤에 다들 챙겨놓으라고 그랬지??!!"

드디어 머리에 뿔이 난 우리 마녀 아줌마_

이럴 땐 그저 집에서 바로 튀어나오는 게 상책이다 -_-

솜털처럼 가벼운 내 가방을 손가락에 살짝 걸친 채 학교에 도착한 나_

아침부터 니코틴년은 나를 갈궈댔다.

"세수는 했냐? ㅉㅉ 기집애가…"

저건 친구가 아니고 웬수지 -_-

근데… 사실은 세수를 했는지 안 했는지 기억이 잘 안 난다_

내가 세수를 했었나?? 흠~

안 했군 -.-

화장실에 가서 간단히 세수를 한 뒤_ 교실로 돌아와선 완벽한 수면복장인 체육복으로 갈아입은 후 책상에 엎드렸다. 그리고 깊고 깊은 수면의 나라로~~

내가 일어난 시각은 점심시간_

스트레이트로 오전 수업시간 4시간을 내내 잠을 잔 나! 정말 대단하구나 은서야! ＼＼＼^0^／／ -_-; 오바다

책상서랍 안으로 손을 넣어서 습관처럼 핸드폰을 꺼내보았다.

부재중 12통화

새로운 메시지 5개

『꼬맹아 머해?^^』

『전화 왜 안 받냐? 수업인가?』

『씹을래? 죽인다 __++』

『설마… 자냐? 얼른 안 일어날래??!!』

『너 오늘 죽었다』

어찌하여…… 어찌하여……

그 찬란하고 조각 같은 귀공자의 얼굴에 이런 이중인격과 사이코 기질이 있단 말입니까?? 진정 신이란 게 있긴 있는 겁니까?

이왕 작품을 만드실거면 성격도 제대로 된 왕자님을 만드셨어야지요 ㅠ^ㅠ

18

그나저나 난 이제 어찌하면 좋으냐 _

이런 이중인격에 싸이코에 싸가지까지 없는 녀석인데 그렇게 전화를 씹고 문자를 씹었으니 _ 과연 무사히 살아나갈 수 있으려나?? 흑흑++

우리 동네도 어딘지 아는데 설마 찾아오는 건 아니겠지??

이런저런 걱정들을 하는 동안 어느새 학교는 마쳐버렸고 터덜터덜 _ 학교에서 불편하게 엎드려 자느라 힘들었던 나의 사랑스러운 두 발을 집안으로 옮겨놓는 순간 _

"옛날 옛날에 한 옛날에 다섯 아이가 _♬"

아주아주 이쁘게 울려퍼지는 벨소리 _ 하지만 내 핸드폰은 단음이기에 그리 이쁘게 들려오진 않았다 -_-;

"여보세요~~~"

"야!! 너 죽을래? 누가 감히 내 문자랑 전화 먹으랬어?"

전화를 받자마자 소리지르는 녀석

새꺄_ 사람이 실다보면 이럴 수도 있고 저럴 수도 있는 거지 겨우 그런 일로 꼭 이렇게 소리를 질러야 한다니??

라고 말하고 싶었지만 -_-

아직까지 그럴만한 깡이 없었다.

"어… 오빠… 그게 말야 어떻게 된거냐면~~~~."

"잔소리 말고 지금 너희 동네 롯데리아 앞이니까 당장 뛰어와! 5분만에 안 오면 죽는다."

"으응…… 어??? 머???"

투욱!

하지만 역시나 녀석은 내 말이 채 끝나기도 전에 또 자기 할 말만 하고 끊어버렸다.

아…… 인간 이은서… 너 정말 어쩌다가 이렇게 되었니?? 응?? 서럽다 서러워!

늦으면 또 엄청나게 지랄을 할 녀석의 얼굴이 떠올라 단 20초만에 옷을 갈아입고 첫 만남이니까 순수한 모습을 어필하기 위해 얼굴엔 살짝 파운데이션만 발라주었다 ^^ᵧ

그리고 설레는 마음으로 롯데리아로 열심히 뛰었다!!!

드디어 롯데리아 앞 _

녀석은 금방 찾을 수 있었다.

184센티는 족히 될만한 큰 키

살이 찌지도 마르지도 않은 적당한 골격

밝은 블론드 빛의 약간의 스카치가 들어간 머리카락

깔끔한 베이지 톤의 정장

예쁘게 쌍꺼풀 진 약간은 큰 듯한 눈

오똑하다기 보단 콧날 예술이란 생각밖에 들지 않는 코

뽀샤시하다 못해 맑고 투병하기까지 한 피부

진정 이런 걸 예술이라고 하는구나!!!

진정 이런 걸 보고 사람들이 잘 생겼다라고 하는거구나 ㅠ_ㅠ

한참동안 그 녀석을 바라보며 정신 못 차리고 있을 때쯤

"꼬맹아!!"

"응?? 응… 어어… 어어어 -0-……"

"니가 꼬맹이 맞지?"

"(--)(_)(--)(_)"

"훗 _ 예상대로네. 역시 꼬맹이야."

뭐야 _ 그 기분 나쁜 훗_은?

게다가 역시 꼬맹이라니 _!!!

빠지직 -_-+

울그락 불그락 역시 꼬맹이란 말에 얼굴이 일그러져 가고 있는
날 보면서 그 녀석은 매우 가짠다는 듯 날 향해 피식 웃었다. 그런

20

데 왜 그렇게 피식 웃는 모습 마져도 멋진걸까_?

　정말이지 녀석의 미소 하나에 모든 것을 잊어버리는 나였다.

　정말 제기랄스러운 나의 단순함 ㅠ_ㅠ

　"가자!"

　어딜 가자는거지?

　"이딜??"

　"여관."

　"++-0-++"

　혹시 싸가지 없고 이중인격만 있는 것이 아니고 변태기질도 있는 건가?

　사색이 되어버린 날 보구선 그 녀석은 비웃듯 말했다.

21

　"쫄기는~"

　나 지금 혹시 놀림당한거니?_ 혹시 그런거야???

　도대체 너의 뇌 구조가 어찌 생겨먹었는지 과히 의심스럽구나. 계속해서 나를 비웃기라도 하는 얼굴에는 조소 띤 미소를 머금고 어디론가 향하는 녀석_

　대체 어딜 그렇게 가나 했더니 도착지는 주차장이었다.

　"오빠, 여길 왜 왔어?"

　"왜 오긴_차 가지러 왔지."

　차?? 웬 차?? 백수가 차도 있나? 0.0

　잘 생긴 줄만 알았더니 혹시 집도 부자였던거야??

　그 녀석은 어딘가로 사라지더니 잠시 후에 잘빠진 스포츠카 한대 끌고 나왔다.

　오옷!! +_+ 길거리 지나가면서 보기만 봤던 스포츠카_!!

　내가 오늘 이 차를 타게 되는건가??

　흑… 니녀석 싸가지 없고 이중인격과 사이코기질이 있어도 다 용서하마!!

　"야~ 타!"

　녀석은 날 아래위로 야리며 말했다. 제길! 같은 말이라도 좀 고급스럽게 하면 어디가 덧난다냐? 지가 무슨 압구정의 야타족도 아니고 야~ 타가 머냐?

　쳇 _! 하지만 전혀 내색은 하지 않은 채 밝게 웃으며 차에 몸을 실었다 -_-;

　"어이쿠~"

　"왜?"

　"순간 차가 땅으로 꺼지는 줄 알고…"

　젠장젠장젠장 _!!! 끝없이 속에서만 메아리치는 젠장_!!!

　"출발한다! 어디갈까? 꼬맹아 가고싶은데 있냐?"

　몰랐다. 녀석이 그런 것도 물어볼 줄 아는 녀석인지 _

　"웅 *^^* 나~ 석양빛 지는 바닷가 드라이브하는 게 소원이야 ~"

　"그래? 시내로 가자."

　써글 _ 물어보질 말든가 넌 청개구리 기질도 있냐?

　으이구~ 속터져!!!!

　그나저나 시내로 간다던 이 자식은 차가 느려터진건지 아님 기름

값 아낄려고 일부러 천천히 가는건지…

잠… 온다.

..

..

..

그렇게 난 그냥 잠이 들어버렸다.

한참을 잤다고 느낄 때쯤 누군가 나를 깨우는 거 같았다.

"꼬맹아 꼬맹아 야_!!도착했어."

"우움~~~누구야…… 나 잘꺼야… 힝…"

"빨리 안 일어나냐!!!!!"

깜짝!

헉_!! 맞다!! 여긴 녀석의 차 안이었지??!!

녀석의 차 안이란 생각이 들자마자 잠은 확 달아나버렸고 난 금방 일어날 수가 있었다.

"일어났냐?"

"웅_"

"나가자."

"또 어딜? 근데 여기가 어디야? 시내간다며~ 시내는 아니네."

"홋~! 석양지는 바닷가 드라이브하는 게 소원이라며? 내려라."

네놈은 정말 청개구리 띠인건지 아니면 멋있어서 그런건지… 감동이야 ~~~ㅠ_ㅠ

해가 질 듯 말 듯 하면서 붉게 물든 하늘과 거기에 반사되어 비치

는 바다색은 정말 한마디로 예술이었다_

그리고 그걸 바라보는 그 녀석의 모습 또한 가히 영화의 한 장면을 보고있는 듯했다_

제길_

넌 나이가 나보다 3살이나 많은데 이중인격에 싸이코기질에 싸가지까지 없건만 왜 자꾸 너만 보면 이 심장이 제대로 가만히 있지를 못하는 거냐!!

싫다. 정말 ㅠ0ㅠ

"꼬맹아 좋아?"

"응~ 좋아 *^^*"

"꽃 치워. 느끼해. 중요한 건 니가 하는 건 안 어울려."

- _ -+++++++++++++

뭐라고?? 쳇 _

"아직 봄이라 그런지 쌀랑하다~ 그치?"

"봄이니까."

그래그래 _ 내가 너한테 무슨 기대를 하겠니. 물어보는 내가 미친거지 _ 에휴~

"오빠! 근데 우리 이제 머해?"

"머하긴~ 여관 가야지."

크큭 한 번 속지 두 번 속을 내가 아니다.

"-;-凸"

"너 지금 그게 머냐…? 나한테 한 거냐?"

그 녀석한테 뻐큐를 날린 동시 이마에 힘줄이 자그마치 세 개나 튀어나오며 인상이 달라지는 녀석 _

정말이지 순간 공포를 느꼈다.

"에이~~ 오빠 알자나~ 뻐큐가 아니구 주먹~~^^"

아… 진정한 비굴함이구나 ㅠㅜ 이은서… 너 정말… 멋지구나.

흐흑…

난 뻐큐를 하던 중간의 그 길다란 손가락을 슬쩍 주먹사이로 넣으며 말했다.

"죽고싶으면 까불어 -_-^ 알었어?"

"응 ㅠ_ㅠ"

그 녀석과 함께 석양에 물든 바다를 바라보고 있는 이 시간 _

물론 녀석이 분위기 깨지 않게 저따위 성격만 안 드러내면 더욱 더 좋은 시간이겠지만 _

그래도 그렇게 시간은 조금씩 흘러갔다. 그리고 어느덧 해는 지고 깜깜해졌다.

밥을 먹기 위해 근처의 해물탕집을 찾은 녀석과 나 _

"……"

"……???"

하지만 들어와선 주문조차 안하고 조용히 앉아있기만 하는 녀석 ㅠ_ㅠ

"뭐해?? 안 시켜??"

"니가 시켜. 귀찮게 내가 왜 해??"

너무나도 당연하다는 듯한 눈빛으로 내게 말하는 녀석 _

하하하하하 -0-..허허허허허 -0-..

정말이지 너란 놈은 갈수록 사람 황당하게 만드는 녀석이구나.

하지만 벌어진 내 입은 안중에도 없다는 듯 계속해서 가만히 앉아만 있는 녀석-0-..

됐다 됐어 ㅠ_ㅠ

"아줌마 _ 여기 해물탕 하나랑 공기밥 두 개 주세요. ㅠ_ㅠ"

그렇게 힘들게 시킨 해물탕 _

녀석 만나는 동안 하루종일 신경이 곤두서 있었더니 배가 심하게 고파왔다. 허겁지겁 그냥 한 그릇 뚝딱 비워낸 공기밥 한 공기 _

그런 내 모습을 유심히 지켜보던 녀석은

"한 공기 더 시켜주랴??"

"됐어. -0-!"

"집에 가서 밥도 안 사주는 쪼잔한 놈이라고 욕하면서 양푼에 밥 비벼먹지 말고 그냥 시켜줄 때 먹지??"

"오빠가 시켰냐?? 내가 주문했지!!!"

"아니 근데 꼬맹이 주제에 어디서 소리를 질러!! 오빠한테!!!"

"뭐??? 꼬맹이 주제에????? 내가 왜 꼬맹이야!! 이렇게 큰 꼬맹이 봤어??!!"

"다.시 말.해.봐. 머.라.고?"

갑자기 말을 딱딱 끊어가며 차가워진 목소리로 말하는 녀석 _

아까 빼큐의 사건 때와는 또 다른 분위기 _ 설마 나 지금 사고친

거 아니지?

아닐거야 _ 난 아니라고 믿을래 –_–;

"하하하 –0– 글쎄 내가 머랬지??"

"까불지마~ –_–^"

"그럼 –0– 그… 그럼 –0–…하하하"

휴 =3 십 년 김수했네.

거기서 나 비굴하다고 욕하고 있는 너!

너도 생각을 해봐라. 녀석이 진짜 화나서 여기가 어딘지도 모르는데 나 버리고 그냥 가버리면 어쩔거야_ 알아서 기는 게 최고야 최고!

어느덧 밤이 깊어가고 _ 녀석과 나는 다시 차를 타고 서울로 돌아왔다.

그래도 꼴에 녀석도 남자는 남자인지 아님 차가 있어 그런 건지 집 앞까지 모셔다 주긴 하더라 흐흐흣.

"들어가 _ 낼 전화할게. 안 받음 죽는다 _!!"

"으응 _ 알아써~~~"

"그래~ 나중에 전화할게 안녕 *^^*"

그렇게 그 놈은 꽃을 한뭉티기나 띄우고선 내 눈앞에서 사라져 갔다. ㅠ0ㅠ

그렇게 니녀석의 얼굴로 꽃을 띄우면 오늘밤 난 어떻게 잠이 들으란 말이더냐!!!!

그 녀석이 띄어준 꽃을 생각하느라 잠을 못 잘…… 줄 알았는데

아주 잘 잤다 -_-;

한참 달콤한 꿈에 젖어 있을 쯤

웅~~~~~~~웅~~~~~~~~~ (나름대로의 핸드폰 진동소리)

그래도 꼴에 밤이라서 매너를 지킨다고 진동으로 바꿔 논 나의
핸드폰이 침대의 구석팅이에서 방정맞게 울려 퍼졌다.

"…… 여보… 세… 요."

"자냐?"

"누구야…"

"오빠다."

"으응…… 누구… 오빠…?"

"죽을래!!!! 오빠가 몇 명이길래 그딴 소리를 해 _??!!"

"열댓 명되는가……"

"오늘 꽤 많이 까분다??"

사실… 녀석인거는 다 알고 있었다. 그치만 장난 한번 쳐보고 싶
었는걸?

"그래… 웬 전화야_? 아까 만나고 헤어졌잖아… 지금 몇 시
지……?"

"새벽 3시."

니눔이 지금 제정신인거냐? 새벽 3시까지 도대체 잠 안자고 머
하는 짓이라냐!!

"안자?"

"어… 술마셔."

"그러니?? 오빤 백수니까 새벽까지 술을 마셔도 낮에 자서 괜찮을지 몰라도 난 모범생이라서 일찍 자구 일찍 일어나야 하는데……"

"그래서?"

"그… 그래서는 무슨!! 그러니까 끊어야 한다는……"

"어~ 그래."

딸각_!

그냥 끊겨버린 핸드폰 앞에서 괜히 내가 무안해지는 순간이었다. 설마 또 삐진 건 아니겠지? 아주 이번에도 삐졌어 봐라. 영원히 삐돌이라고 불러주마 _!

근데 왜 전화한 걸까?

망할놈의 자슥이구려 _ 꼭 새벽에 전화질을 해서 잠을 깨워야 하냔 말이다!!!!!

김나수 이 웬수같은 얼굴만 잘난 놈 ㅠ0ㅠ!!

3 나vs녀석 -1-

#학교

어젯밤 잠깐 그 녀석 때문에 잠을 못 이룬 관계로 오늘도 역시 학

교에서 하루종일 잤다 -_-;

　항상 느끼는 거지만 그래도 학교만큼 자기 좋은 곳도 없단 말야? 가만히 있어도 자장가는 저절로 들려오고 _ 더운 날은 에어콘 _ 추운 날은 히터 _ 점심시간 되면 밥도 먹여주고 _ 흐흐훗 _

　어김없이 점심시간 시작 무렵 잠시 일어나서 밥을 먹고 습관처럼 폰을 확인했다.

　그리고

　새로운 메세지 8개

　『꼬맹아 머해?』

　『피곤하다…』

30

　『씹냐?』

　『자냐?』

　『오냐 지금 내 문자를 씹고 잔다 이거지?』

　『일어나라』

　『죽었어. 마치고 롯데리아 뛰어와!』

　『아 참 _! 늦으면 죽인다 -_-+』

　망할놈의 자식아 넌 잠도 없냐 _!!!! 새벽까지 술을 마셨음 집에 가서 곱게 잠이나 잘 것이지 웬 문자질이야!!! 그리고 사내자식이 문자는 왜 이렇게 좋아하니!!!!!

　아… 그나저나 교복입고 그 녀석을 만나야 하는건가 _?

　안 그래도 녀석과 지나다닐 때마다 여자들이 이상한 눈으로 쳐다봐서 싫은데 이렇게 추한 모습으로 또 만나야 한단말야?? 흑 _

오늘은 또 교복입고 녀석을 만날 생각에 이런저런 걱정을 하는
사이 학교는 마쳐버렸다. 언제나 그러했듯이 늦으면 이마에 힘줄이
적어도 세 개는 튀어나올 녀석을 위해 열심히 뛰었다. 우리 동네의
롯데리아로 ㅠ^ㅠ!!!

여전히 롯데리아 앞에서 광채를 뿜어대며 지나다니는 숱한 여성
늘의 마음을 실레여 놓고 있는 녀석 -_-

"왔나?"

"응 _ 어제 봤는데 웬일이야?"

"*^^* 웬일은~~ 꼬맹이 보고싶어서 왔지~~"

"오빠 디게 할 일 없구나?"

"어~ 어떻게 알았냐?"

도대체가 알 수 없는 놈_

어쩔 때 보면 정말정말 다정하고 좋은 놈인데 순간순간 이중인격
과 사이코의 기질을 더해가면서 변신을 하니 종잡을 수가 없다.

아으~ 정말 _

"가자."

"어딜?? 주차장?"

"아니 피시방."

"갑자기 웬 피시방?"

"그냥…"

물어본 내가 잘못이지_ 그렇게 당해놓고 또 그런걸 물어보고 있
는 내 머리도 참… 아… 내 머린 닭대가리였지? -_-;;

그 녀석과 함께 들어온 우리 동네의 조그마한 피시방_

역시나 녀석은 컴퓨터를 켜자마자 녀석과 나를 알게 한 ㅠ^ㅠ 그리고 처음에 이런 놈이라고는 상상조차 못하게 한 ㅠ^ㅠ 그런 웬수 같은 화상채팅에 접속했다.

오마이러브와~ 라는 간드러지는 여자의 목소리가 새어나오고 캠을 가지고 이리저리 조절하는 녀석_

45도 각도에 화려한 캠 조절_

역시나 보통 놈이 아니었음이야 –_–

32

그렇게 화려한 캠 조절을 마치고선 언제나 그래왔다는 듯 자신의 방을 만든 뒤 혼자 노래를 틀어놓고 흥얼거리는 녀석_ 그리고 아니나 다를까 방을 만든 지 5분도 채 지나지 않아 처음 녀석과 내가 화상채팅을 하던 날처럼 빼곡이 화장떡칠 여자들로 방은 채워지기 시작했다. 거의 대부분 아는 여자인 듯 ㅠ^ㅠ

하지만 그리 오래가지 않는 대화들_ 들어오는 여자들과의 대부분의 대화는 똑같았다.

『오빠 안녕^^』

『어~ 그래』

그리고…

『오빠 나 좀 있다 올게. 기다려~ 꼭 기다려』

과연 저 여자들은 녀석의 이중인격과 싸이코기질을 알고 있을까??

그나저나 내가 화상채팅이란걸 많이 해서 녀석처럼 아는 사람이 있는 것도 아니고 그렇다고 가만히 앉아있자니 너무 심심하고……

그래_!! 그거 좋겠다_!

문득 떠오른 아주 기발한 생각 ~! 하지만 생각해보면 정말 미친 제안이었을지도 모를 그런 생각 _

"오빠~! 지금부터 이 내기를 시작한 후 들어오는 여자를 3분만에 꼬셔봐_! 그림 나 오빠기 하자는 거 다 할게!!"

"정말이냐? 후회 안 하지?"

매우나 자신에 찬 듯한 얼굴로 이야기하는 녀석 _

"당연하지~^^"

그리고 설마… 란 생각에 당당히 맞서는 나 !

이놈아 니가 아무리 잘났어도 설마 3분만에 여자를 꼬실 수 있겠냐? 이름 묻고 나이 묻고 이쁜지 안 이쁜지 성격이 어떤지 확인하는데만 해도 3분은 족히 넘을꺼다 후훗 -_-

33

"대신~~ 오빠가 지면 하룻동안 내 동생 하기다?"

"후회하지 마라."

"아라따니까~?"

설레이는 마음 _

후후후훗

녀석이 3분만에 여자를 못 꼬시면 하루동안 내 동생이라? 으흐흐흐 너무 기대되는구나♡

초조한 마음으로 여자 한 명만 걸리길 기다리는 순간 _

앗싸~! 한 명 입장

오옷 이 여자 정말 이쁘구나_ 솔직히 이쁜 것들은 잘 생겨도 한 번씩 튕겨준다.

김나수 ㅋㅋㅋ 너 오늘 딱 ~! 걸렸어.

오늘 하루 내가 그동안 당한걸 싸그리 갚아주마!!!! 앞으로 일어날 일들에 대한 즐거운 상상에 얼굴에 활짝 웃음꽃이 피어나고 있는 나를 그 녀석은 역시나 매우 가짠다는 듯 한번 스윽 _ 하고 쳐다보더니 자판을 두드리기 시작했다.

『안녕하세요^^』

『네^^』

『님!! 이뿌시네요~"

『별말씀을~ ^^ 님이 더 잘생겼어요』

『고마워요^^ 그런데 이렇게 이쁜 분께서 앤이 없을 리가 없을 텐데 왜 화상채팅을 하고 계실까 ~ ^^』

『^^ 감사하지만 없어요. 님이 해 주실래요?』

!!!!! 이게 뭔 소리야!! 이 여자야! 내가 언제 당신보고 작업 들어가라고 그랬니? 이게 아닌데…… 이건 아니라고..ㅠ0ㅠ..

『정말 제가 해두 되나요?』

『그럼요^^』

아주…… 간단했다. 정확히 2분하고도 42초…

오! 주여 _ 어찌하여 이런 일이 _!!

정말 여자망신은 다 시키는 기집애 가트니라고 _ 이쁜 얼굴은 장식으로 달고다니냐? 인생에 정말 도움이 안 되는구나~~!!!!

하지만 그때까지 난 이곳 _ 화상채팅의 진리를 몰랐다고 하겠다.
그저 아무렇지도 않게 사이버애인을 만드는 곳이라는 것을 ㅠ_ㅠ

녀석은 승리를 하고 돌아오는 개선장군처럼 날 향해 씨익 웃음을
지어 보였다.

"내가 이겼지?"

"그래…"

미쳤지…… 내가 도대체 이 녀석과 뭔 짓을 해버린거야 ㅠ0ㅠ

정녕 나는 이 녀석에게 이길 수가 없단 말인가??

제길 _

바닷가에서도 비굴하게 그냥 꼬랑지 내리고 이번에는 확실하게
승산 안 보이는 승리를 하자고 해서 패배하고 벌써 2:0이구나 흑 _

이렇게 난 매일을 그 녀석에게 도전했다가 처참하게 참패하는 일
들을 겪으면서 단순한 오빠동생이라고 하기엔 너무 자주 만났고 그
렇다고 사귀는 애인사이라고 하기엔 우리 둘의 애정도는 너무 낮았
다_

이런 흐지부지한 관계를 유지해가면서 어느덧 그 녀석을 알게된
지 두 달이 넘어서 날씨는 더워지고 있었다.

"아~ 더워서 죽을꺼 같애."

"나두나두 _ 이런 날은 그저 에어콘 팡팡 나오는 곳에서 담배나
쭉쭉 빨아대는 게 최곤데…"

오랜만에 등장한 니코틴년.

오늘도 내일도 그녀는 언제나 니코틴을 사랑할껏 같다 -_-;;

띠릉 띠릉

"얼른 봐라~ 구린 너의 폰소리야."

그랬다 _ 그때 나의 구린 문자소리가 울렸다 젠장 _

『지금 당장 시내 까페 빈폴로 텨와』

이 녀석 차 있는 놈이 오면 될 것을 가지고 요즘은 걸핏하면 불러내기 일쑤다.

"야 _ 언니 빨리 가보셔야겠다. 싸이코놈이 부르네."

"나쁜 기집애 너 지금 일부러 자랑할려구 그러는거지? 그 오빠 진짜 멋지구 착하고 자상한거 같던데 도대체 너 왜 그래?"

그래 _ 이 지지배는 아직 모른다. 그 녀석은 절대 니코틴년 앞에서는 본색을 드러내지 않았다. 그런 관계로 니코틴 지지배는 그 녀석의 이중인격을 알 리가 없었다. 한마디로 중간에서 나만 당하는 것이라고 할 수 있는거지 ㅠ_ㅠ

"야~!! 아휴 ~ 너도 언젠가는 진실을 알게 될거야! 어쨌든 나 빨리 가봐야겠다. 내일 학교에서 보자~!!!"

그렇게 니코틴년에게 인사를 고하고 집으로 들어온 나는 오랜만의 시내로의 외출이랍시고 한껏 빼입었다. 화장도 조금 신경써서 해주고 ^^ 그리고 언제나 그래왔듯 늦을까봐 부랴부랴 시내로 향했지~

여기서 잠시 빈폴의 구조를 설명하자면 까페인데 1, 2층으로 구분되어있지만 문을 열고 들어가면 1, 2층의 상황이 정확히 다 보이는 그런 까페이다.

36

빈폴 앞에 도착해 문을 열었을 때 차라리 눈을 감는 게 나을거야.
아니 혹시 쥐구멍은 없을까?

왜 하필… 그 넓디넓은 시내의 까페에서 바로 문을 열자마자 보
이는 정면의 2층에서 화장떡칠의 어떤 기집애와 싸워대고 있는건
데… ㅠ_ㅠ

나이는 20살이나 먹은 녀석이… 흑… 게다가 내용은 또 왜 그렇
게 유치한거야!!!

"야야 나쁜 자식아!! 니가 잘났음 얼마나 잘났다고 그렇게 팅
겨??!!"

"이 기집애가 정신이 나간건가 어디서 돼지같은 게 굴러와서는
난리야 난리가!!"

"머? 돼지같은거?? -0-?? 야!! 너 말 다했냐? 다했어??!!!"

"다했다 어쩔래? 다시 한번 더 말해 줘? 면상은 아스팔트에 한번
갈은 것도 아니고 아 ~ 씨발 야_! 짜증나니까 절로 꺼져_ 안 그래
도 더워죽겠는데…"

한껏 욕을 퍼부은건지 뭔지 그렇게 한바탕 여자에게 퍼붓고 나선
주변을 살피는 녀석_ 그리고 녀석과 난 금방 눈이 마주쳤다 ㅠ_ㅠ

날 보며 손가락을 까딱까딱하는 그 녀석…

정말이지 이 순간만큼은 제발 개미로 저를 변하게 하소서 하느
님!!

2층으로 올라가는 계단_ 하나하나 밟고 오를 때마다 수군거림
이 들려왔다_

"어머어머 _ 저 성격 더러운 남자 애인인가봐~"

"근데 _ 남자 얼굴이 아깝지 않냐?"

"그러게~ 여자 얼굴 영 _ 아니다. 그래도 그 남자 멋있지 않니?"

"얼굴 잘 생긴 애가 싸가지도 없네!! 호호 근데 멋지다."

"저 여자는 머냐 대체?"

ㅜ^ㅜ

젠장

내가 그놈의 화상채팅인가 오마이러브인가 확 뽀개버리든가 해야지 그건 왜 해서 저 넘을 만나 이런 말을 들어야 하는건지 ㅠ0ㅠ

"왜 불렀니? ㅠ_ㅠ"

38

"일단 앉어."

난 그 녀석의 명령에 복종하듯 반박 한번 못해보고 쇼파에 슬그머니 앉았다. 그리고 내가 자리에 앉자 여태껏 싸우던 여자에게 다시 말을 하기 시작하는 녀석 _

"잘 봐 _이런 얼굴이 정상적인 얼굴인거야. 니년 얼굴은 아스팔트 껌딱지 같은 면상이라구… 알겠냐?? 주제넘게 함부로 헌팅하지 말란 말이다!!"

"머?? 이게 정말 보자보자 하니까 이년이 어딜 봐서 제대로 된 면상이야?"

-_-++

아쭈? 머시라 고라고라?? 이년이 어딜 봐서 제대로 된 면상이라니!! 결론적으로 내가 지금 너보다 못하단거냐 -0-!! 이 화장떡칠

지지배가!!

"야 -0-!!! 이 화장떡칠년아_!!!!"

ㅇ_ㅇ 〈- 녀석

-0-)+ 〈- 화장떡칠여자

-0-!! 〈-웬일이야~ 란 식의 까페 사람들

소리질러 놓고시 주변의 시선들이 이미 곱지 않음을 느낀 나_!

아이고 ㅜ.,ㅜ 민망스러워라. 이 일을 어쩐대 _ 귀까지 빨개져옴을 느끼고 슬쩍 자리에 앉는 순간_

녀석은 내게

"꼬맹아_ 너 왜 오바냐??"

"젠장 -_-; 몰라 대체 날 왜 부른거야_!!!"

39

"아니 원래는 너랑 영화 보러 갈려구 너 부르고선 여기서 기다리는데 저 돼지가 와서 앉더니 혼자 난리잖냐. 그래서 드러운 면상 치우랬더니 이 난리잖아_!"

상당히 골이 났다는 표정으로 말을 하는 녀석_

바보아냐?

어떤 여자가 헌팅한 상대남자에게 그런 소리 듣고도 가만히 있겠냐 ㅠ_ㅠ

바보녀석

난 녀석의 희생양이야 희생양 _!!

"그래_ 알았어. 나 지금 상당히 쪽팔리거든 ㅠ_ㅠ?

이제 그럼 그만하고 나 왔으니까 나가자."

"어_"

그렇게 나는 유치한 싸움을 하고 있던 녀석을 데리고 까페에서 나왔다. 까페에서 나오는 그 길이 어찌나 길어보이던지 _ 흑

수많은 눈들이 우리를 주시하고 화장떡칠 여자는 싸우다 말고 어딜가는거냐며 2층에서 고래고래 소리를 지르고… ㅠ_ㅠ

정말이지 이 녀석과 함께 있으면 하루라도 편할 날이 없구나 _

밖으로 나온 그 녀석과 나는 원래 녀석이 계획했던 대로 영화를 보기 위해서 새로 개관한 CGV21로 향했다.

그 녀석과 함께 걷는 시내 _

지나가는 사람마다 우리를 힐끔힐끔 쳐다보며 한 마디씩 하고 지나간다.

언제나 있는 일이지만 그래도 오늘 같은 날 이런 건 정말 싫다 _

"어머~ 여자 왜 저렇게 딸려?? 돈이 많은가?"

그래 나도 나 딸린 건 안다고 _ 하지만 꼭 그렇게까지 노골적으로 해야해??

ㅠ_ㅠ 제길

엄마… 나 왜 이렇게 낳아놓은거야 흑흑_

이다지도 불쌍한 내 인생 _

애꿎은 엄마만 원망하다 녀석을 쳐다봤는데 까페에선 정신이 없어서 제대로 못 봐서 그랬었는지는 몰라도 오늘따라 더욱더 멋져 보이는 녀석이었다.

약간은 색이 있는 선글라스에 여름이라 조금 다듬질 한 머리 _

오늘따라 더욱더 뽀샤시해 보이는 피부 _

원래 정장을 즐겨 입는 녀석이 오늘따라 웬 캐주얼이야 _!!!

분위기가 더 새롭잖아 _!!!!

그래 _ 너 잘난 건 다 이해할게 _

근데 제발 그놈의 성격 좀 어떻게 할 수 없니??

왜 지나가는 사람들한테 다 시비인건데 ㅠoㅠ!!!

그랬다 _

녀석은 내가 잠시 한눈을 팔고있는 사이 힐끔힐끔 쳐다보고 지나가는 사람들에게 소리지르고 있는 것이었다.

"멀 쳐다보는거야? 눈깔어!!"

ㅠoㅠ 신이시여~~~~~~~

제발 이 녀석 좀 어떻게 해주세요. 저는 이 녀석의 뇌 구조와 정신연령이 과히 의심스럽습니다. 정녕 이 녀석의 나이가 스물이 맞단 말입니까?

"오빠. 제발 그러지 좀 마 _ 쪽팔려 죽을꺼 같애 _"

"왜~!! 왜!!! 왜 쪽팔리는데~~~!!!! 저것들이 계속 쳐다보잖아. 잘생긴 건 알아가지고. 내가 동물원의 원숭이야?? 기분 나쁘잖아!!!"

왕자병도 있었구나 _ ㅠ_ㅠ;;;;

그렇게 겨우겨우 영화관 앞에 도착한 우리 _ 그런데 이 녀석 그 난리를 겪으며 겨우 도착했더니 한다는 말이

"꼬맹아! 우리 그냥 오빠 친구들 만나러 가자."

랜다 _

너 지금 나랑 장난하냐??

"싫어!! 그냥 영화 봐 _!!"

"-_-+++++ 지금 나한테 개기는거냐???"

"ㅠ0ㅠ 아니요. 친구들 만나러 가요…… ㅠㅠ"

도대체 나의 비굴함의 끝은 도대체 어디까지란 말이냐_!!!

이렇게 황금같은 주말을 난 그 녀석에게 질질 끌려다니며 고생이란 고생과 욕이란 욕은 바가지로 얻어먹고 결국은 영화도 한 편 못보고 그 녀석 친구들을 만나는 곳에 끌려가는 나 _

하지만 !!

*^^*

42

친구란 끼리끼리 논다는 말이 있질 않은가!

후후훗 -_-)*

이 녀석의 외모를 생각한다면 친구들도 물론……??????

단 하나의 희망으로 CGV21 영화관 앞에서 길을 틀어 주차장에서 차를 타고 녀석과 함께 녀석의 친구들이 있는 곳으로 이동했다.

이 동~~~~~~~~~~~~~~~~*^^*

미안하다 -_-; 녀석과 함께 다니다 보니 나도 성격이…

그 녀석과 함께 도착한 곳은 청하통일_

청과 하를 통일한다고?? -_-; 아닌가 ~

그나저나 지금 내 나이 17살 _ 당연히 술을 마시면 안 되는 나이

_♬ 하지만 매우나 당당히 들어가는 나 _

왜??

그 녀석 20살 넘었잖아? 보호자 자격 되잖아? 흐흐훗.

당연히 안심하고 당당히 들어갔지~

그래_ 사실은 내가 늙어 보인다 늙어 보여 -0-!! 어쩌다 친구들과 나이트를 가도 민증검사를 안 해서 한번만 해봤음 좋겠다 싶었나.

서러워라 흑 _

호프집 안으로 들어가니 이미 한바탕 잔치를 벌여놓은 녀석의 친구들 _

그리고 역시나 _!!!

나의 예상대로 모두들 꽃돌이구나!!!

너란…… 놈은…

…… 너란 놈은……

친구 하나만 소개시켜주면 모든 걸 다 용서할게 _ 흐흐훗 - _-)*

옆을 봐도 멋진 놈 앞을 봐도 잘난 놈 꽃동네에 둘러 쌓이니 눈을 어디다가 둬야할지를 모르는 나 _

잘생긴 남자들에게 둘러 쌓여 기분도 좋고 _! 주는 대로 부어라~ 마셔라~

죽을 때까지 마셔댔다.

하지만……

나의 주량을 넘어도 훨씬 넘어서 버린 나 _

내가 취하면 항상 하는 것 _

첫째로 집에 안 들어간다 _

둘째로 오바이트하고 옆에 있는 아무나에게 안긴다 _

흐흑…

역시나…

난 그대로 그놈에게 꼬장을 부리기 시작했다. 그넘의 잘난 친구 넘들이 보고 있다는 걸 까마득히 잊어버린 채 _

"나수야~~*^^* 나 안드로 가꼬얌… 너랑 이쑬랭~~"

혀는 마구마구 꼬인 상태로 술이 취한 나는 녀석이 나보다 세 살이나 많단 사실도 까마득히 잊어버리고선 반말을 해대며 녀석이 보기 싫다고 한 꽃을 띄워대고 있었다.

"꼬맹아 정신 좀 차려라. 왜 이래… 정말 미치겠네. 집에 가자 일어나 봐!!"

"시로시로 (-_-)(-_-)(-_-)(-_-) 안갈꼬얌 왜 자꾸 나 보낼려구 구랭?? 내가 미오?? 나 우리 엡뿐 수야랑 이쑬량 ＼*^^*／"

이런 날 보며 그 녀석과 잘난 친구 놈들의 표정이란 하나같이 상상할 수조차 없었지만 이미 내 의지와는 다르게 자꾸만 머리에서 시키는 대로 몸과 입이 안 따라와 주고 있었다.

그 녀석에게 집에 안 간다고 한참 땡깡을 부리는데

우우우욱~~~~~

저 밑에서부터 뭔가가 쏠리기 시작… 그리고 그때부터 알 수 없는 무언가가 나의 코로… 입으로… 줄줄 나오기 시작했다. 너무나 어지럽고 정신도 없고… 깜깜해서 잘 보이질 않았지만 여러 가지

44

이물질이었던 걸로 추정된다. 그리고 그 녀석은 날 부축한답시고 거의 안고있다시피 했었다···

그래 미안하다. 사실은 내가 억지로 안겨있었다 (-_+)

결론은???

그 녀석의 옷에 이물질을 가득 묻혀놓았다.

-_-;;;

정신도 없고 아무것도 보이질 않았지만 그저 느낌상 딱 한 가지만은 알 수 있었다.

난 죽! 어! 따!

ㅠ0ㅠ

엄마 ~~~~~~

이 순간 엄마가 제일 보고싶어요 ~~~~~

"끄웨엑······ 아··· 시원하다······=_=···"

그래도 웬지 시원한 마음에 약간 찝찝한 느낌이었지만 고개를 살짝 들어 녀석의 얼굴을 보았다.

······ 한마디로 공포였다···

그냥··· 공포라구 밖에는 표현이 안 된다 ㅠ0ㅠ

그 녀석은 나에게 단 한마디도 하지 않은 채 나를 지놈 차에 태웠다. 그런 날 그 녀석의 친구들이 아주 많이 불쌍하다는 듯이 애처롭게 쳐다보았고 난 어디가냐구 물을 수도 없이 그냥 그녀석이 차를 세울 때까지 조용히 끌려갔다. 마치 도살장에 끌려가는 돼지처럼 ㅠ^ㅠ

"내려."

"…… 우… 웅"

내가 내리자마자 보인 것이라곤 xx모텔, tt모텔, ty모텔 , kdj모텔 등등

수많은 모텔들 ㅠˆㅠ

오빠… 내가 잘못했어_ 니넘의 새끼가 변태인줄은 첫 만남부터 진작 알았다만 이러지말자 ㅠˆㅠ

나 아직 청소년이라서 오빠 이러면 원조야 흐흑…

애절한 내 눈빛을 외면한 채 그 녀석은 날 데리고 xx모텔로 들어갔다.

46

술집 들어갈 때도 말했지만 ㅠˆㅠ 모텔 역시나 미성년자는 남녀 혼숙이 안 된다.

하지만 우리는 무사통과_

그래… 내가 늙어 보여 그렇다고 인정하마. 방으로 들어가자마자 잠시나마 번쩍 들었던 내 정신이 다시 몽롱~ 해지기 시작했다.

이유인즉 내 눈앞에 푹신푹신한 침대가 보였기에… 편히 잘 수 있단 생각만 들었지 여기가 모텔이다 그런 생각은 들지 않았다.

아…… 나의 비굴함과 함께 단순함의 끝은 어디인지…ㅜˆㅜ

기쁜 마음으로 침대에 철푸덕 쓰러진 나 _!

그대… 로 약간 혼미한 상태로 빠졌다.

중간중간 덜그럭거리는 소리도 들렸고 옆방의 이상한 소리가 가끔 들려오긴 했었지만 -_-;;

나름대로 눈을 조금 붙일 수가 있었기에 참으로나 행복했다.

그러던 중

탁_!

소리에 깜짝 놀라 눈을 살며시 떴는데…

오옷!!!!!!!!@.@

내 눈앞에 그녀석이 훌륭한 갑빠를 자랑하며 밑엔 바지만 입은 채 서 있는 것이었다.

-//////0//////-

녀석아 -0- 옷 좀 입지 그러니 그나저나 넌 몸도 좋구나 _

그 갑빠 매우매우 탄탄해 보인다 -0- 한번 만져…—_-;;;;;;

정말 말도 안 되는 쓸데없는 생각들을 하고 있을 때쯤 녀석은 나에게 의미심장한 말 한마디를 했다.

"벗어."

헉뚜………!!!!!!!!

그 녀석의 의미심장한 "벗어"란 한마디

ㅜ^ㅜ

오빠…… 오빠가 물론 잘 생겼기도 하고 몸도…… 조~ 쿠 나름대로 성격이 좀 사이코 같지만 괜찮은 놈이란거는 인정할게. 그치만 이건 아냐 ㅠ_ㅠ 이건 절대로 아냐.

흐흑…

오늘로써 나의 처녀성도 굿빠이구나~~~~ ㅜ0ㅜ 잘 있거라.

흐흑… 흑

허나 이대로 당할 순 없지 -_-++

반항 한번 못해보고 당한다면 자존심이 너무 구겨져 ㅠ^ㅠ

"… 왜… 벗어 싫어!!!!!"

난 독기 어린 눈빛으로 그 녀석을 쳐다보며 말했다.

정말 티비에서 보던 것처럼 반항하면 맞는다는 생각도 들었지만 맞을 각오는 하고 말했다. ㅠ^ㅠ

그러자 그 녀석의 대답이

"옷 안 빨꺼냐!!!!!!!"

헉

?.?

저기… 그러니까…__;;

내가 토해서… 그래서 옷 빨려구 벗으라고 한 건가? 그런 것이었니?

젠장!

난 단순히 그 녀석이 옷을 세탁하려구 벗으라구 한걸 혼자 오바하여 이 생난리를 부린 것이었다 ㅜ^ㅜ

그래도 은근히 자존심 상하네.

내가 어디가 안 섹시해서 넌 그따위 생각밖에 못하냔 말이다 (-_-++)

안도와 기쁨과 서러움의 쓰라린 눈물을 함께 삼키면서 O┬^┬O 욕실로 들어간 나_

그런데 욕실 너까지 나를 무시하는 것이냐!!

왜 따뜻한 물이 안 냐오냔 말이다 ㅠ0ㅠ 아직 한여름이 되려면 멀었건만 겉만 번지르르한 모텔 가트니라구!!!!

차가운 물로 덜덜 떨어가며 ㅠ0ㅠ 샤워를 끝내고 옷을 가지런히 벗어 욕실 한 구석에 치워둔 채 가운만 살짝 걸치고 나온 나 _

오옷!!!!!!!!

내 모습이지만 방금 샤워하고 나온 모습 나름대로 섹시하구나 _ 후훗

미안하다. 화내지 마라. 무섭단 말야 흑 _

"다씻었냐?"

"응…"

"너~ 내가 여기로 델꾸 들어왔다구 나 덥치면 죽는다 _"

49

임마 덥치래두 안 덥쳐 ˇ-^ 너나 잘해~

"-_-;; 안 덥쳐…"

"옷은 어쨌냐?"

"조기… 욕실에…"

"빨았냐?"

"아니 그걸 내가 왜 빨어?"

"그럼… 그걸 내가 빨아야하냐!!!"

젠장!! 난 또 녀석이 빨아준다고 벗으라고 하는 줄 알았지 _

칫 _

어쩔 수 없이 다시 욕실로 향하는 나 _

그런데…

"됐어. 너 술도 많이 마셨는데 그냥 자. 내가 빨게."

-.-???

나 지금 무슨 말을 잘못 들었니?? 분명 저 녀석이 옷 빨아준다고 한 거 맞지? 살다보니 참… 별일이 다 있구나_

한참동안 녀석을 바라보며 믿을 수 없어 벙쩌있는데 녀석은 암말 없이 그런 나를 지나쳐 욕실로 들어갔다. 그리고 다시 정신을 차리고 난 뒤 보이는 아주 푹신해 보이는 침대 _

가끔 들려오는 옆방의 신음 소리와 -_-;; 그 녀석이 내는 소리인 듯한 약간의 구토(?)소리를 들으며 난 편안히… 아주 편안히… 잠이 들었다.

눈부신 아침햇살에 내가 눈을 떴을 때……

쇼파에 쪼그려 앉아서 잠들어있는 녀석이 보였다. 그런데 왜 저 녀석은 불쌍하게 쪼그려 앉아 잠든 모습도 멋진걸까??

햇살을 받으며 잠든 그 녀석의 모습은 정말!!!!! 이뻤다.

어느새 녀석에게 가까이 다가가고 있는 나…

이 녀석 자세히 보니 피부… 정말 좋구나 _ 뽀샤시… 한 게 잡티도 하나 없고 거기다… 속눈썹이… 정말정말 길다 _

와…… 정말 이뿌다…… 새까맣구… 기다란게… 정말… 정말 이뿐 눈……

그렇게… 그 녀석의 잠든 모습을 감상하는데 갑자기 탁자 위 재떨이에 한가득 쌓인 담배꽁초가 보였다. 아무래두… 밤을 샌거 같은 느낌 _

녀석… 그래도… 파렴치한 놈은 아니었구나.

ㅠㅇㅠ

멋져~~~~~~

쇼파에 쭈구려 앉아 자는 그 녀석의 모습이 매우 안쓰러워 보인다 _

그 녀석을 흔들어 깨웠다.

"오빠~~오빠~~일어나~ 침대 가서 자…"

"우… 응 머야…"

"침대 가서 자라구~~~!!"

내 말을 들언건지… 아님 본능적으로 움직인건지… 그 녀석은 눈을 비벼대며 침대 쪽으로 가서 벌러덩 누웠다.

약간은 덜 마른 듯한 셔츠사이로 그 녀석의 쇄골과 접관골이 살짝살짝 보이고…

ㅠ▽ㅠ

코피 터져 쓰러질 것만 같구나 _

더 이상 잠이 오지 않은 난 혼자 옆에서 딩굴딩굴~

심심하면 콧노래도 불러주고 옆에서 방방 뛰어주기도 하며 시간이 가길 기다렸다. 그녀석이 깨길 기다렸다.

한 10시… 쯤 되었을까…

그 녀석은 졸린 듯이 눈을 비비며 일어났다.

"잘 잤어? *^^*"

"아침부터 꽃 띄우지마 느끼해."

그래 _ 오늘만 참으마 ㅠ^ㅠ

"쳇 _ 그래!! 빨랑 씻어 나가야하잖아!"

"어디서 명령이야 –_–^ 알아서 할꺼니까 기다려 _!"

그렇게… 그 녀석이 일어나고 우린 모텔을 나왔다.

모텔에서의 그 녀석과의 하룻밤이 무사히 지나간 건 좋았는데 앞으로가… 걱정이었다.

이제 집에 들어가면 난 죽었어 _

마귀 아줌마가 날 가만히 두지 않을 거야.

이 일을 어쩜 좋아 엉엉 _

엄마 나 놀다갈께, 나 친구집에서 자 하는 등등의 식으로 놀면서 외박을 한 적은 있었지만 일케 아무런 통고도 없이 무단으로 외박한 적은 처음이었다.

이 난관을 어찌 헤쳐나가야 한단 말인가 _

한참 집으로 향하는 차 안에서 고민을 할쯤 내게 말하는 녀석 _

"꼬맹아 근데 너 이렇게 외박해두 괜찮냐?"

–_–+++

임마 괜찮을 리가 있냐?

내가 꼬장부려두 집으로 델따줬어야지!!!!! 하고 윽박지르고 싶었다만… 다들 알잖아… 나의 비굴함…ㅠㅠ

"… 으응… 괜찮겠지… 머…–_–;;"

"쫓겨나면 전화해라. 재워주지는 못해도 밖에서 잠들만한 곳은 찾아볼게~"

하여튼 말하는 꼬락서니하고는 _!!!

겨우 그딴 소리밖에 못하냐?

갈아마셔버려도 모자라는 놈 가트니라구 O┳^┳O

"안 해!! 절대 안 해!!"

어느덧 내 눈앞에 보이는 우리 집… 이제 난 지옥의 굴로 들어가는구나. 방할 이 녀석 넉분에 _

이 녀석은 내 맘을 알긴 아는지 연신 방긋방긋 웃어대며 나에게 손까지 흔들며 -_-;; 지눔의 잘난 스포츠카 끌고선 횡_하는 소리까지 내고 가버렸다.

아으~~~~~~~~~~~~

떨리는… 마음으로 대문을… 힘차게 연 나 _!

사실… 힘차게 열은 건 아니고… 정말 비굴하게 살짝 열었다_

아니나 다를까 _집에 들어서자마자 베개와 함께 날아오는 수많은 욕들 _

"어이구_ 이 써글년아 너 돌았냐? 지금이 시계가 몇 시야? 아주 이제 무단외박까지 하는구나 이년아 내가 니년 땜에 못산다 못살어!! 나가!! 안나가??!! 나가서 살어 _!!!!"

"마미… 알러뷰…ㅠ_ㅠ…"

엄마가 가위를 들고나와 밖에 못나가게 머리를 자른다고 쫓아다니고 _ 난 절대 그럴 수 없다며 온 집으로 도망다니며 한참 난동을 부린 후 뒤늦은 밤이 되어서야 겨우 진정이 되었고 결국 황금같은 일요일 하루 종~~~~일 엄마에게 죽도록 맞으며 보냈다 ㅠ^ㅠ

엄마에게 맞아 온몸이 욱신거리는 아픔을 겨우겨우 하루를 정리하며 침대에서 잠을 청하던 나… 허리에 통증을 참아가며 겨우 잠들어서는 달콤한 꿈에 젖어있는데……

웅~~~~~~~~~~웅~~~~~~~~~

전화가 울리기 시작했다.

이런 젠장 _ 항상 잠 좀 자볼려구 하면 울리는 나의 드폰이 _

"여보세요!"

"나야."

이 목소리는 _!!!

얼른 불을 켜 시계를 봤다.

정확한 시간 새벽 3시_

이 시간에 전화할 녀석은 그 녀석밖에 없었다(낮에 다른 사람한테도 전화 없잖아~ ^^;)

거기 괄호 안에 너 _ -_-! 나 무시하지마_!! 앙 ?!?!

"그래 _"

"괜찮냐? 혹시 너 엄마한테 죽도록 맞고 눈탱이 밤탱이 되고 그런 건 아냐? 막 허리 아파서 움직이지도 못하고 ㅋㅋ"

?.?

이 녀석 언제 나 몰래 독심술까지 배웠나.

왜 글케 잘 아는거냐 =0=;;

"아… 아냐!!"

"뭐~ 흥분하는거 보니깐 맞나보네. 너 밖에서 행여라도 나 만나면 아는 척 하지마라~"

씨댕_!!다 니녀석 때문인데 이런 쳐주길 놈!!!

"끊어 -0-!!!"

"많이 컸다?"

"나 잘꺼야 끊어!"

툭!!!!!

앗싸~!

처음으로 그 녀석의 전화를 내가 먼저 끊었다_

의외로 기분 죽이는구만~~~~

뒷일이 조금 걱정되기는 하지만 괜찮아~ 뭐 죽기밖에 더하겠어?

이미 엄마의 구타로 인해 간땡이가 부을대로 부어버린 나였다 _   55

#아침

아침이 되어 학교로 간 나는 니코틴년에게 주말에 있었던 휘황찬
란한 이야기들을 해주기 시작했고… 니코틴년은 여관에서의 이야
기를 듣자 나수 그 자식이 멋있다느니… 킹카를 만났다느니… 하면
서 더욱더 녀석의 팬이 되어버렸다 젠장_

그리고 중요한 건 엄마한테 맞은 건 괜찮냐는 말 한마디 해주지
않았다 _흑

써글기집애 _

눈탱이가 밤탱이가 된 난 한동안 그 녀석을 만나지 않았다.

ㅎㅎㅎ

사실은 그때 먼저 끊은 전화로 쫄아서 못 만나는 것이었다 -_-;

4 여름방학

그러던 중 어느새 즐거운 여름방학은 시작해 있었다.

얏호_

즐거운 여름방학!

하지만 할 일이 없구나.

정말 죽을 것처럼 할 일이 없던 나는 방학이 시작되고 일주일동안을 집에서 꼼짝 않고 에어콘 바람만 쏘이며 빈둥빈둥거렸다.

그러던 중… 녀석에게 전화가 왔다.

"여보세요."

"꼬맹아 어서 준비해라."

자다 일어나 세수조차 안한 나에게 대뜸 전화해서 준비하라는 녀석_

"멀 준비해~ 나 아직 씻지도 않았는걸?"

"언제는 씻고 살았냐? 시간 없으니까 빨랑 준비해!"

"글쎄 안 씻는 건 둘째치고 멀 준비 하라는건데!!"

"여행 가자 _! 오늘부터 여행이다. 얼른 준비하고 나와!"

"여행??"

오호~~~~ 여행이라~ 집에서 꼼지락만 댔는데… 당연히 나야 좋지_ ♬

히힛_

이 녀석 _ ! 역시 넌 날 실망시키지 않는구나.

오빠 멋져~~~~

난 엄마에게 당장 친구들이랑 여행 간다는 말과 함께 짐을 싸기 시작했다.

한 시간 가량이 흐르고… 녀석은 집 앞이라며 전화가 왔다 _

오늘따라 매우나 이뻐 보이는 녀석 _

"바뻐~ 빨리타!!"

"응^^"

녀석의 차에 올라타려는 순간 녀석의 뒤에 줄줄이 두 대나 보이는 차 _

"오빠 저 뒤에 차 다 일행이야?"

"어 _ 내 친구들…"

"아~ 그래? 근데 우리 어디로 가는거야?"

"강릉."

"꺄~~~~~정말??"

"어."

까하하 강릉 강릉 _ ♬

녀석 니가 날 구제하는구나.

니가 싸가지도 없고 성격도 괴팍하고 그래도 넌 역시 멋진 놈이었어 _♬

차가 출발해 한참 고속도로를 달릴 쯔음 난 깊은 잠에 빠져들었고 한숨 푸~욱 잤다는 생각이 들었을 때 눈을 떠보니 바다가 보이고 있었다.

"바다다~~~~~)_〈"

"시끄러 -_-++ 조용히 안 해? 시끄러워서 운전을 할 수가 없네."

쳇_

자기가 언제부터 조용히 운전했다고 _ 맨날 노래 크게 틀어서는 귀청 터지게 만들던 놈이 누군데 그러셔~!! 지가 언제부터 조용히 운전을 했다고 _ 흥흥 _

어느덧 우린 강릉의 한 바닷가 주변의 콘도에 도착했다.

"오빠 근데 콘도 예약하긴 했어??"

"우리집꺼 있는데 예약은 무슨 _ 들어가자 _"

"뭐 -0-?? 오빠네집꺼 _-0-???"

"짜증나 _ 빨리 들어와_"

뭘 그리 새삼스러운 질문이냐는 듯 아무렇지도 않게 짐을 들고 들어가는 녀석 _

역시 녀석의 집은 부자였다.

그런데 콘도를 가지고 있을 만큼 부자인데 왜 녀석은 백수인걸까 -0-?? 응? (넌 혹시 아니??)

그 녀석과 나 그 녀석의 친구들은 우르르 콘도로 몰려 들어갔다.
우리가 묵는 곳은 꽤 컸다.

적어도 30평은 넘어보일 듯 _

콘도 안으로 들어와 각자의 짐을 풀고나서야 그 녀석 친구들과
인사를 나눈 나 _

"니가 꼬맹이구나? 난 나수 친구 승우야 ^^ 잘 지내자."

매우나… 꼬맹이구나? 란 말이 거슬렸지만 그래도 녀석과는 사
뭇 다른 다정스러운 말투덕분에 그냥 흘러버렸다 _

그나저나 승우님은 참으로나 컨츄리꼬꼬의 정환군을 닮으셨네
요 호호…

"나는 정우야. 나수엉아 보다 한 살 적어 ^^"

녀석만큼이나 이뿌장하게 생긴 정우라는 녀석 _ 귀엽네~

물론 그 녀석보다 한 살이 적으니 나보다 두 살이나 많았지만 말
야-.-

편하게 친구처럼 지내기로 했다 ^^

"난 상덕이…*^^*"

덩치에 안 어울리게 매우나 부끄럼을 타는 상덕이란 사람 _

나에게 상덕이라 소개를 하긴 했지만 모두들 개득이라 부르더
군.

그래서 나두 개득아~ 개득아~ 라고 불러드렸지 -_-

하지만 내가 부를 때마다 얼굴에 홍조를 띄우고선 부끄러워 하시
더군 하하 _

다들 좋은 사람 같았지만… 전에 만났던 친구들보단 얼굴이 아닌 듯 ㅠ_ㅠ

알고 보니 이 녀석 꽃돌이 많기로 유명한 상고를 나오셨댄다 _

저때 만났던 친구들은 학교친구들 _

그리고 오늘 함께 여행 온 친구들은 어릴 때부터 친한 친구들 _

흑 _ 조금 아쉽구나 _

학교 친구들과 왔음 참으로나 눈이 행복했을 것을 -_ㅠ

그 녀석 친구들과의 인사가 끝나고 그렇게… 평생 잊지 못할 여행 일정이 나를 기다리고 있었다…

승우님, 개득이와 나, 정우와 그 녀석은 간편한 복장으로 갈아입은 채 바다로 향했다.

맘같아선 섹시한 수영복을 입고싶었다만… 짜증스러운 뱃살 때문에 -_-; 핫팬츠와 나시티로 대신했다.

바닷가의 햇빛은 꽤 따가웠다.

"오빠_ 햇빛이 너무 따가워."

"그래?? 그럼 파라솔 하나 빌리지 뭐~~"

망할 우리나라

무슨넘의 파라솔 하나를 대여해주는데 오만 원이나 하는건지!!!

정말 순 바가지야 _!! 우리나라 나쁜 나라 _!!!!

내 돈은 아니지만 정말 아깝다 흑 _

파라솔을 치고 앉은 난 그때부터 바닷가를 둘러보기 시작했다.

역시나~~~~~~

몸매 퍼펙트 사뤼하구나 *ㅠ▽ㅠ* 눈앞에 왔다갔다 거리는 남정
네들 때문에 침이 마르질 않는구나.

벌~~~써 정우와 승우넘은 물 속에 들어가 있었고 개득이는 여
자 꼬시러가겠다며 사라진지 오래였다. 그런데 갑자기 나의 감상을
방해하며 들려오는 시끄러운 소리 _

"도대체 뭐야? __ ̄'ʷ'"

소리난 쪽에서 녀석의 주변에 기집애들이 바글바글 개미떼처럼
모여 꺅꺅대고 있는 게 보였다.

"저기여~ 어디서 왔어요?"

"꺄~~~~아 넘 잘생겼다 -///0///-"

"오늘 시간 있어요? 일행은요?"

내가봐도 멋지긴 멋진 녀석 _

까만 선글라스에 밑에는 반바지 하얀 셔츠는 그냥 맨몸에 살짝
걸치기만 한 채 훌륭한 갑빠를 자랑하고 있었다.

옆에서 꺅꺅대는 기집애들이 이해가 가긴 했지만 도무지 시끄러
워서 나의 눈요기에 집중을 할 수가 없구나 -_-+++++++

참다못한 난 수많은 여자들에게 둘러 쌓인 그 녀석에게 다가갔
다.

"야!!"

나의 외침과 동시에…

"저 호박 같은 년은 누구야?"

"아~ 씨 저건 또 뭐야?"

"라이벌 하나 또 늘었네."

그래…… 니들 멋대로 상상해라 ㅠoㅠ

"오빠~~~~~~ *^^* 왜 여기서 호박들이랑 이써~~~~~~ 나랑 바다에 들어가장 *^^*"

콧소리까지 내며 그 녀석에게 쇼를 한 나 _

원래 이렇게 까지 할 생각은 없었다만 방금 전 어떤 지지배가 내게 호박 같은 년이라고 했기에 _

나 생각보다 소심하다 흐흑…

하지만 이럴 때 꼭 분위기 제대로 못 맞춰주는 녀석의 말 _

"너 어디 아프냐?"

젠장할 _

예상은 했다만 꼭 그래야 하냐?

"^^;;; 아니… 에이~~왜 그래~~ 바다가자 ~~~ 바다~~~~~"

그 녀석에게 개미떼처럼 붙어있던 기집애들은 나를 미친년 보듯 쳐다보았고 녀석은 나에게 질질 끌려 우리의 비~~~이싼 파라솔이 있는 곳까지 왔다.

"꼬맹아… 너 혹시 여름엔 개도 안 걸린다던 감기 걸렸냐??"

"그게 아니구 오빠땜에 기집애들이 붙어 꺅꺅대서 시끄럽잖아!! 그리고 사람이 왜 그렇게 말을 못 맞추냐!! 나만 이상한 애 됐잖아!!!"

"에이~~~또 질투했구나? 어이고~~우리동생 이뻐죽겠네~"

이놈이 미쳤나 __ 갑자기 왜 이래?

"그게 아니고 -0-!! 오빠땜에 저기 저 잘빠진 남자들 구경하는데 방해가 되잖아!!!"

"뭘 멀리서 찾고 그러니~~ 니 앞에 있는데 ^^"

나도 알어… 그래 너 잘났고 니 똥 굵은 것도… 그런데 꼭 그렇게 티를 내야겠냐!!!!!!

으이구~ 언제쯤 저넘의 왕자병과 싸이코틱한 성격과 이중인격이 고쳐질까… 앞이 깜깜하구나 _

결국 그 녀석과의 실갱이와 시도때도 없이 그 녀석 주변으로 모여대는 개미떼 같은 지지배들 때문에 제대로 놀지도 못하고 콘도 안으로 돌아왔다.

신나게 놀고 들어온 사람은 승우님과 정우뿐.

63

개득이 역시 하루종일 여자꼬시로 돌아다니다 한 명도 못 건졌는지 풀이 팍! 팍! 죽어있다.

그렇게 그냥 혼자 개인플레이 하지말고 녀석 옆에 붙어있었음 차라리 콩고물이라도 얻었을텐데 _

불쌍한 건 너와 나뿐이로구나 ㅠ_ㅠ 아 ~ 동지여~~

이윽고 저녁이 되었고… 우리가 묵은 곳은 콘도였기에 저녁을 해먹을 수밖에 없는 상황.

그런데 밥 이야기가 나오자 전부 나를 쳐다보는 사람들 _

그랬다. O┬^┬O 날 밥순이로 부려먹기 위해 데리고 온 것이었다.

내가 어쩐지 갑자기 짐 싸라고 했을 때부터 알아봤어야 하는 것이었어!!!

"왜!! 왜 날 쳐다봐 ㅠ0ㅠ…"

"여기 너 말고 또 할 사람이 누가 있냐?"

"왜 꼭 내가 해야하는데_!!!"

"시끄러_!! 빨리 안 들어가??"

"쳇… 지금 이렇게 날 부려먹은걸 꼭 후회하게 될꺼야!!"

솔직히… 나 요리엔 정말 자신 없다구… ㅠㅠ

라면도 내가 직접 끓인 건 맛없어서 동생보고 끓여 달래서 먹는 지지배다. 그런 내가 무슨 밥을 한단 말인가!!!

부엌으로 들어간 난 혼자 서러운 눈물을 삼키며 엄마가 밥하던 모습을 본대로 대충 따라하기 시작했다.

얼추 비슷한 모양이 나긴나더군_

맛은… 장담 못한다 ㅡ_ㅡ;;

살짝… 두렵다_

"밥… 다 됐어~~"

우르르르르

무슨 단체 동물들도 아니고 몰려오는 소리가 꼭 짐승들 몰려오는 소리 같구나_

"야~ 냄새 죽인다~"

ㅡ,.ㅡγ

내가 누구니?

모두들 한 숟가락씩 음식들이 입안으로… 들어갔다.

"우…… 웩 야!! 이게 머야? 이거 무슨 김치찌개야? 맹물이지!!"

"우드득 우드득"

"은서야…^^;;; 밥에서… 돌이… 씹히는구나…"

김치찌개 맛이 왜 이렇냐고 올릴 것 같은 표정을 짓는 개득이 _

돌이 씹힌다며 내게 조금은 미안한 듯하면서 당황스러운 웃음으로 말씀하시는 승우님

낸들 돌이 씹힐 줄 알았냐고요!!!!!

"형아…; 나 도저히 밥 못 먹겠어."

그리고 아예 밥숟갈까지 내려놓은 정우녀석 _

그러길래 니들이 해먹지 왜 날더러 밥하라고 시켜선 이 난리야 난리가_!!

하지만 정우의 밥 못 먹겠단 소리보다… 승우님의 어색한 웃음이 섞인 돌이 들어간 밥보다… 개득이의 찌개맛이 이상하다고 올릴 것 같단 제스처보다… 더욱더 무서운 건…… 그 녀석의… 이상야릇하면서도… 웃음 띤 표정…

"꼬맹아…? 잠깐… 오빠 좀 볼까??"

"시… 싫은걸…?……"

"당장 안 따라 들어와!!!!!"

"ㅠㅠ"

흐흑…… 난 이제 죽었어~

어머니~ 아버지~ 소녀 이만 여기서 세상을 하직할까하옵니다. 소녀가 없더라도 진지 잘 잡수시고 모범생 동생과 함께 오래오래

행복하게 사십시오… 화상채팅 하나 잘못하여 이 불효녀 먼저 가옵
나이다…

부디 살아 돌아올 수 있게 도와주세요 아멘 _ 부처님 _ 공자님 _

"너 일부로 그랬지!!!"

어머어머 무슨 소리니 -0-

내가 어떻게 농부께서 일 년동안 땀흘려 농사지으신 그 소중한
농산물들을 농락할 수 있단 말이냐. 믿어죠~ 절대 그런 짓은 하지
않아 _

"아니야… 오빠 나 원래 요리 진짜 못해. 믿어 줘 제발 ㅠㅠ"

"아무리 못해도 그렇지 음식이 저 정도가 된다는 게 말이 되냐!!!
아우~ 정말 어떻게 죽여야 잘 죽였단 소리를 들어!!"

"어떻게든 죽여도 잘 죽였단 소리는 못 들을꺼야…-_-;;"

"닥쳐."

"응…"

"너 앞으로 부엌엔 얼씬도 하지마 알았어??!! 혹시라도 너 부엌
에 있다가 나한테 걸리는 날엔 그 날은 초상 치르는 날인 줄 알어.
우리가 돌아가는 2박3일 동안 넌 절대 부엌접근금지야!!!"

"근데… 물이 부엌에 있는데… 물 먹으러도 못 가_-0-?"

"가지마!!"

"사람이… 물 못 마시면… 폐에 물이 차서… 죽는다던데…"

"그럼 내가 떠다줄게!! 가지마!!!"

하나님… 어찌하여… 어찌하여 제가 전생에 무슨 잘못을 저질렀

길래 저런 녀석을 만나 물도 제대로 못 먹게 하십니까……흑_

그렇게 즐겁게 상상했던 바캉스의 계획은 물 건너가고 그렇게 물 좋다던 강릉 바닷가에서 바다만 나가면 그녀석 주위로 모이는 꺅꺅 대는 지지배들 덕분에 제대로 감상도 할 수 없었다. 그리고 콘도 안 으로 들어오면 그 녀석의 눈치 때문에 물 한 잔도 제대로 못 마시며 2박3일을 보냈다. 내 인생에 가장 서글프고 악몽 같았던 여행이었 던 강릉바다_

두 번 다시 녀석들과 함께 이 바다를 오면 난 사람이 아냐 절대로 ㅠ0ㅠ!!!

5 평범한 일상

띵똥띵똥
"누구세요~"
"나야."
"쨈있게 놀다 왔니?"
"……"
"은서야… 왜 그러니?"
엄마가 걱정스러운 듯 물었다.
하지만…

어떻게 밥 못해서 물도 제대로 못 마시고 놀지도 못했단 말을 하냐고요!!! 쪽팔리는 것도 문제였지만 그 녀석과 갔다는 거 걸리면 죽음이니까!!

이리가도 불쌍한 내 인생이고 저리가도 불쌍한 내 인생이구나!

"아냐 ^^;; 그냥 좀 피곤해서…"

"그래 올라가서 쉬어라."

오늘따라 잘해주는 마귀 아줌마를 뒤로한 채 내방으로 올라온 나는 짐 풀기도 귀찮고… 여름이라 그런지 짜증도 나고… 바로 침대에 엎어져서 잠이 들었다.

68

"옛날 옛날에 한 옛날에 다섯 아이가_♬"

언제나 내가 잠 좀 자 볼려고 하면 울리는 나의 드폰이 _이런 순간엔 정말이지 뽀개버리고 싶구나 _

"…여보세…요…"

"꼬맹아~~~~잘 도착했냐?"

"오빠가 내려줬으면서 잘 도착한 것도 몰라?"

"어쭈? 그래서 불만이냐?"

싸이코놈의 자식 _

도대체 니 녀석은 뇌 구조가 어째 생겨먹었는지 꼭 너 죽으면 내가 해부해보고 말꺼야 _!!!

"아냐 _ 불만? 없지 당연히 ㅠㅠ 근데 왜?"

"아… 내일 만나자고!"

이 녀석아… 넌 무슨 내가 철인인줄 아냐? 나도 피곤하다고 _!!
말하고 싶다만… 그렇게 말하면 울 집에 쳐들어 올 것 같아_ 흑

"응 알았어…ㅠ^ㅠ "

"그래… 그럼 낼 일어나자마자 시내 파워넷으로 와라~"

"아…라"

탁_!!

또 지 할 말만 하고 끊고 지랄이야.

파워넷이라… 가본 적 없는데…

머 나름대로 캠빨이란 게 제일 잘 받는 곳이라고 해서 화상채팅
은 오마이러브와~~하는 그 지랄 같은 화상채팅에 죽치고 살고있
는 사람들이 많이 찾는 곳이라고 하긴 하던데… 나이 20살이나 먹
어선 그런 곳이나 다니고 있다니 _

홋 _ 녀석 아직 귀여운 구석이 있었구나.

눈을 떠보니 무더운 여름날의 아침… 이 아니고… 해가 중천에서
질려구 할 무렵 가만 생각해보니… 약속시간이… 일어나자마자 오
란 것이었다.

과연 일어나자마자란… 약속시간은 몇 시일까??

오늘은 왠지 치마가 입고 싶은 나 _

검은색 치마 위엔 흰색 나시 정장을 입고선 녀석이 오라고 했던
파워넷으로 향했다.

피시방에 도착해 문 앞에 서있는 나 _!

단순한 피시방이 아니라서 그런지 문을 열기 참으로 민망스럽구나!.!.!.!

살짝 _ 빼꼼히 문을 열어서는 녀석의 위치를 살폈다. 다행히도 입구와 가까운 곳에 앉아있는 녀석… 기쁜 마음으로 조용히 녀석에게 다가가려는 순간 _

"너 죽을래!!! 지금이 몇 시야!!!!!!"

?.?.?.?.?.?.?.?.?.?.?.?.?.?.?.?

순간 ┳＾┳ 모든 사람들의 시선 집중!!!!!!!

"-_-;; 삐질삐질 그게 아니고… 일어나자마자 오라며… 난 일어나자마자 온건데…"

"꼬맹이 니가 미인이냐? 미인은 잠꾸러기라 그런다고 하지만 넌 머야?"

씨댕 -_-+++

그래 나 못생겼다. 그래도 잠 많이 잔다. 근데 니가 머 보태준 거 있어?

"잘… 못했어…-_-;;"

하지만… 그 녀석 앞에선 한없이 약해질 수밖에 없는 나였다_

한참동안 그 녀석의 잔소리를 듣고 있을 쯤 _

"오빠~~~~~ 쟨 누구야? 저런 애랑 놀지 말구 별이랑 놀자 *^^* 헤헤"

다방 레지같이 야시시하게 차려입은 지지배가 다가오더군 _

너도 꽤 이쁘게 생겼구나?

근데 이쁜 애들은 다 그렇게 싸가지가 없니? -_- 쳇 _

"내 동생."

"어머~ 별로 꼬맹이도 아니구만 별명이 꼬맹이인가 보지? 차라리 호박이 더 낫겠다 ^^"

저게 아까부터 사람 승질을 슬슬 돋구네 __^

"가."

그 녀석이 차가운 표정으로 다방 레지년에게 말했다.

앗싸~!!

그래도 난 아직 한번도 저런 차가운 표정은 본 적 없는데… 원래 살벌한 놈이 더욱더 살벌하구나 _

계속해서 하나둘씩 많은 여자들이 와서는 다방 레지년처럼 날 한번씩 야려보며 녀석에게 접근을 시도했지만 녀석은 참으로 희한스럽게도 차가웠다. 소름이 끼칠 정도로…

원래 남자란 세 종류가 있다던데…

한 종류는 오는 여자 안 막고 가는 여자 안 잡는 바람둥이 스타일과 그냥 와주면 고맙고 가면 짜증나는 보통남자의 스타일과 오는 것도 귀찮고 가던지 말던지 신경 안 쓰는 얼음보이스타일이 있는데 이 녀석_혹시 세 번째 스타일인건가?

그래서 처음 만날 때도 그 수많았던 화장떡칠 여자들보다 동생으로 다가간 나와 친해진거고??

오늘 이 녀석의 새로운 모습을 많이 보는구나 _

여자에겐 참 많이 차갑다는 거… 그래도 아직까지 나에게 성질

더럽고 싸가지도 없고 이중인격에 사이코 성격까지 있지만 단 한
번도 그렇게 차가운 표정을 지으며 목소리까지 변한 적은 없었다.

과연 기뻐해야 하는건지… 슬퍼해야 하는건지…=_=

중간중간 많은 여자들이 다녀가면서 입을 꾹 다물고 있던 녀석이
드디어 입을 열었다!

"나가자."

참… 간단해서 좋다 -_-;;

밖으로 나오자마자 궁금했던 난 물었다 _

"오빠… 그런데 저 안에서 왜 그렇게 무서워?"

"저런 기집애들은 한번 잘해주면 다 지네 좋아하는 줄 알고 혼자
다 떠벌리고 다녀. 그래서 짜증나. 화장은 떡칠을 해서는… 호박에
줄 긋는다고 수박 되는 것도 아니고…"

그러면 그렇지… 난 또 다른 중요한 이유라도 있나 했어. 그래도
잠시나마 니녀석이 혹시 그 드라마에 나오는 차가운 쿨가이나 머
카리스마 그런건가 했어. 결국 귀찮다는 그 이유 하나였구만??

그런데 니가 언제 누구한테라도 잘해준 적은 있었냐?

"그나저나 우리 이제 머해? 왜 부른거야?"

"어~ 승우가 너 우리 놀러가선 제대로 못 놀았다구 이번에 자기
가 술 쏜다구 하더라구. 그래서 만나자고 했지. 근데 어차피 술이야
밤에 마실테구 혼자 있음 심심해서 너 파워로 오라구 했는데 그렇
게 늦게 나왔지!!!"

결국 심심해서 부른거였구만 -_-

얼굴도 잘난넘이 이중인격도 가능하면서 데리고 다닐 여자친구나 만들지 왜 이다지도 날 괴롭히냔 말이야. 이렇게 괴롭힐 꺼면 차라리 앤으로 만들어 주길 바래!!!

혼자 궁시렁거리는 사이 승우넘^^과의 약속장소에 도착했다.

호프집 앞에서 잠시 기다리니 승우님과 개득이가 보이는구나. 반갑구나 -0-

언제 봐도 이팔청춘의 17세인, 나보다 여드름 더 많은 우리의 개득이~!

오늘은 볼따구의 여드름이 더욱 빛을 바라는 것 같애 _♬

호프집 안으로 들어가 안쪽 구석으로 자리를 잡았다. 승우넘이 특별히 쏜다기에 과일안주까지 팍팍 시킨 나 _!

술이 나오고…

오늘은 자제해야겠단 생각이 들기는 하였지만… 그것도 잠시 _

술이 한 잔 두 잔 들어갈 때마다 아까 별이란 년의 호박이 더 어울리겠단 말이 머리속을 맴돌고… 결국엔 혼자 폭탄주까지 만들어가며 마셔댔다.

녀석은 예전의 일을 기억해 못 마시게 말려댔지만 술을 마시면 내 힘이 불끈불끈 솟아 장사가 되는 것인지 -_-;; 아님 평소의 비굴함이 용기로 바뀌는 것인지 그 녀석이 그렇게 가짠게 보일 수가 없었다 _

조금 후 _ 또다시 난 나의 주량을 넘어서도 한참을 넘어버렸고 승우님과 인생살이에 대한 깊은 논의를 하던 중…

쿵_!!

머리가… 아프다 ○┭○┭○

잠도 온다…

눈을 떠보니 울 집이다ㅡ_ㅡ;;

엄마가 빼꼼히 고개를 내밀며 들어왔다.

그리고 정다운 소리들과 함께 _

"이 미친년아 이젠 할 일이 없어 남자 등에 업혀서 들어오냐? 아빠 주무실 때 들어와서 다행이지 쯧쯧… 근데 남자가 무쟈게 잘 생겼드라 +_+ 복도 많은년… 누구야??"

마귀 아줌마도 참 ^^:

늙어도 잘 생긴 건 알아가지고~

아줌마 그래도 참아 ~그 녀석 생긴 건 말짱해도 영~~~~~~무서운 놈이야 _

근데 녀석이 날 업고 왔나?

이상하네_ 분명 안 간다고 땡깡 부렸을텐데…… 저번처럼 모텔에 안 처넣고 웬일이지?

"엄마 근데 그 남자가 날 업고 들어왔어? 내가 조용히 자고 있디?"

"조용히 자구 있긴~ 아주 그 총각 땀까지 줄줄 흘리더라. 안쓰러 죽는 줄 알았다. 넌 등딱지에 붙어서 바둥바둥 집에 안 들어온다고 난리지 그 총각은 그런 너 업고 들어올꺼라고 낑낑거리지. 참… 돈 주고도 못 볼 구경이었지."

그러면 그렇지…_-;;

내가 조용히 그냥 들어왔을 리가 엄찌…

근데 그녀석이 정말 웬일이지?? 모텔비가 없었나…=_=

"어쨌든 너 오늘은 꼼짝도 말고 집에 있어!! 나가면 주~~~글줄 알어."

"-_0;; 으응…"

하두 자서 눈팅이가 밤팅이가 된 채 엄마에게 대답하고선 다시 침대에 누웠다.

오랫동안 침대에 누워있자니 허리가 쑤셔오는구나_ 컴퓨터나 해볼까 하는 생각에 컴퓨터를 킨 나_

나도 그 녀석 때문에 화상채팅지랄에 중독이 된 모양인지 오마이러브에 접속하기 시작했다.

ㅋㅋㅋㅋㅋㅋ

입가에 미소가 번지기 시작했다. 내가 이럴 줄 아라쓰!!!!!

아니나 다를까 그 녀석은 망할 오마이러브 화상채팅을 하고 있었다.

『나 와쓰 ^0^』

『왔냐?』

『어디야?』

『피시방』

『글애? 근데 오빠 나 웬일루 집에 넣어줬어?? ㅋㅋ』

『기집앤 아무대서나 자는 거 아냐』

참… 어이가 없구나 _ 저번에 모텔 안으로 집어넣은 인간이 누군데!!!!

『그면 전엔 왜 모텔루 집어넣었어?』

『그땐 너 토해서 너만 옷 버렸으면 괜찮은데 니가 내 옷에 다 묻혀놨었잖아!! 옷 빨려구 들어간건데 니가 골아 떨어져서 그런거였고!』

말이라도 이젠 니가 여자로 보인다거나… 머 그런 좋은 말 해주면 어디가 덧난다냐!!!

어차피 채팅 상이라 보이지 않으므로 ^^ 그 녀석 열나게 씹어댔다.

히죽 ^_____^

그렇게 계속해서 하다보니 화상채팅도… 참… 잼있는 거 같구나.

이 녀석 방에 있음 하도 인간들이 많이 들어와서 내가 굳이 알려고 하지 않아도 자연적으로 사람들과 친해졌다. 사람들과 친해지고 나니… 왜 이다지도 밤에 눈을 감아도 화상채팅은 오마이러부와~ 하는 여자의 애교띤 목소리가 내 귀에서 맴맴거리는지 ┳^┳ 분명 해본 사람만이 알 것이야 _

결국 난 여름방학 내내 거의 올빼미 생활을 하다시피 하며 망할 개늠의 화상채팅과 함께 방학을 보냈다. 언제나 그랬듯이 여름방학은 짧다 _

방학동안 그 녀석과 함께 난 즐거운 오마이러부 -_-;; 와 함께였고 그 녀석은 신림동폐인놈γ 나는 신영동폐인놈γ 으로 명성을 날리기 시작했고 어느덧 개학은 불쑥 다가와 있었다.

나의 여름방학 한 달을 돌려줘 ㅠoㅠ!!!!

6 영화관소동

개학이 되어서도 컴퓨터와 함께 폐인생활을 하다보니 시간은 꽤 빨리 흘러갔다. 그러다 보니 어느덧 중간고사가 다가왔고 _ 니코틴 년과 난 오랜만에 공부 좀 해본답시고 우리 집에서 밤을 새기로 했다.

사실 말이 밤새기지… 우리가 미쳤나? 어떻게 공부하면서 밤을 새!!!! 세상에서 가장 어려운 일이 있다면 아마 공부하면서 밤을 새는 일일것이다 -0-

니코틴년과 난 침대에 엎드린 채 책하나 펼쳐놓고 즐겁게 수다를 떨고 있었다. 니코틴년과 대화를 하다보면 어찌나 그리도 시간은 빨리도 흐르는지…

어느덧 시계를 보니 새벽 1시 ___ㅋ

"헉!! 야 벌써 1시다. 어머어머 어뜨케~~ 12시 전에는 잠을 자야 피부가 좋아지는데 o┰o┰o"

바보같은 기집애 -_- 담배를 한 가치 줄여보지 _ 그럼 피부가 훨

씬 더 나아질텐데 _

결국 _

나중엔 책 펴놓고 수다떨던 일까지 접어버리고선 니코틴과 함께 꿈나라로 향했다 _

웅~~~~~~~~~~~~웅~~~~~~~~~~~~~

또 전화다.

┯_┯ 어찌 이리도 타이밍도 잘 맞추는지 어떻게 내가 잠만 좀 자려하면 전화가 온단 말이더냐!!!

"여보세요."

"누구게?"

"나수 오빠."

"어?? 어떻게 알았냐?"

새벽에 전화질 할 녀석이 니놈밖에 더있냐?

"오버하지말고 웬일?"

"심심하다 꼬맹아."

심심하면 자빠져 잠이나 자지 왜 딴 사람도 못 자게 전화질인건데 _!! 정말 내가 니넘땜에 내 명에 못 죽겠다.

"심심하면 잠을 자는 게,.."

"놀자 나와라."

"지금 시계가 몇 신데 놀자는거야..-0-.."

"지금 갈게!"

으~~~~~~~~~

또 끊었다 또!!!

내 인생에 도움 안 되는 놈… 확 뽀새버릴 수도 없고 갈아버릴 수도 없고… 도대체 이 녀석을 어찌하면 좋단 말이냐!!!

놀아주는 건 내 맘이지 왜 니 맘인건데!!! 왜!!!!

결국 니코틴년을 깨우기 시작한 나 _

니코틴년은 혼자 무진장 들떠서 좋아했다. 뭐가 그리도 좋은지……

대충 옷을 갈아입고 _

웅~~~~~~웅~~~~~<- 언제나 밤이면 진동으로 바뀌는 벨소리 __ㅋ

"여보세요."

"얼른 안 나오냐!!"

"벌써 왔어??"

"내 맘이야 빨리 와."

전화건지 2분만에 도착한 녀석 _ 이게 말이 되냐고요!!!!!!

분명 이 녀석 오던 중에 전화건걸꺼야. 아주 작정을 한 거지 _!! 한 거야!!

서둘러 밖으로 나간 니코틴년과 나 _

"빨리 안 뛰어올래??!!"

"다 왔잖아 _!!!"

그 녀석과 나… 니코틴년…

우리가 만난 시각 새벽 2시 _

새벽 두 시에 문 열려있는 곳이 호프집밖에 더 있냐고요!!! 그렇다고 이제 나와 함께 호프라면 질겁을 하는 녀석과 호프집을 갈 수도 없고 _!!

"잠 와서 죽을꺼 같애 ㅠ_ㅠ 그러길래 새벽에 사람을 왜 불러…"

"-_-^"

귀는 밝아 가지고 혼자 궁시렁거린걸 잘도 듣지 _

그러던 중 _

오옷!!!@,@

드디어 문연 가게 출연!!!

이름하여 21세기 통닭 _ 통닭집 이름이 참으로 세계화시대에 맞춰 가십니다 -0-

80

기쁜 마음으로 통닭집 문을 활짝 열어 젖힌 채 들어간 우리 _

통닭집 주인아주머니가 꼭 문닫을 때 온단 식으로 매우 띠껍게 우릴 반겼지만 녀석과 함께라면 어디둔 두렵지 않아요 _♬

녀석의 싸가지와 싸이코틱한 성격이면 난 어디든 두려울 게 없죠 ♬ _ ♬

"꼬맹아 뭐 먹을래?"

"양념."

"그래? 아줌마~~~여기 후라이드 하나랑 맥주 1000cc하나만 갖다 주세요."

어차피 반대로 시킬꺼면서 도대체 왜 물어보는거얏!!!!!

정말 기회가 있어 저 녀석의 어머니를 만나게 된다면 도대체 저

녀석을 가지셨을 때 뭘 잘 못 드셨길래 인간이 저렇게도 싸가지가
없는 건지 꼭 한번만 물어보고 싶다.

이윽고 아줌마는 뜨끈뜨끈한 후라이드 치킨놈과 1000cc맥주 한
컵을 들고 다시 등장했다.

"다 안 먹으면 주거~~~~~"

이런 _ 매정한 놈 같으니라고… 어떻게 여자 둘이서 닭 한 마리
를 다 먹어!!!!!

"^^;; 오빠 안 먹어?"

"어 안 먹어 그러니까 니가 다 먹어 다 안 먹으면 알지?"

"그게……^^;; 어떻게 여자 둘이서 닭 한 마리를 다 먹어……"

"그래서 못 먹겠단거냐?"

81

"아니… 먹어… 먹지 -0- 그럼 -0- 하하하."

_♬ 왜 난 저 녀석 앞에만 서면 한없이 이리도 비굴해지는가~~

그대~~~~~ 앞에만 서면 나는 왜 작아지는가~~~~ _♬

니코틴년과 난 닭 한 마리에 묻혀 죽을 때까지 닭을 먹었고 그 녀
석은 내 앞에서 맥주 1000cc를 마치 약을 올리기라도 하듯 싱글벙
글 웃기만 했다.

하도 먹어서 그런지 니코틴년이 날 부른다고 살짝살짝 치니까 속
에서 먹었던 게 하나씩 올라오는 것 같은 기분 _

"이제 죽어도 못 먹어 _ 날 죽여!!!"

"그래? 그럼 먹지마~ 바보냐? 누가 그렇게 꾸역꾸역 먹으래_?"

"-0-… 하하핫… 하하하하하 -0-……"

ㅠ_ㅠ 나~ 원~ 참 _ 기가차서 _ 나쁜 놈의 자식 _ 넌 정말 지옥에 떨어질꺼야_!!!!

"배부르니까 소화나 시킬켬 노래방이나 가자! 일어나~"

쳇 _

그래도 노래방이라길래 봐주는거야 -_-

흥흥 _

그리하여 우리의 단골집 마돈나노래방으로 향한 우리들~~

마!돈!나 로 향했다. 예상대로 우리를 반갑게 맞는 아줌마 ^^

"아이구~~~~ 우리 딸들 오랜만에 왔네. 이 새벽에 웬일이야?"

"웅 ^^ 새벽에 딸들이 엄마가 너무너무 보고싶어서 와~찌이 ~~*^^*"

니코틴년과 내가 흥흥거리며 아줌마에게 말하고 있을 때쯤

아줌마 _! 벌써 우리를 배신땡기고 그 녀석을 쳐다보고 계셨다.

망할 _

"훔훔 ^^ 그래 근데 이 총각 무진장 잘 생겼구나~~ 누구 남편이냐?"

"몰라 -0-!!"

아줌마는 매우도 우리 둘 중 누구의 남자인지 나의 야림에 조용히 방을 하나 주었다. 내가 그 녀석한텐 그렇게 무시당하며 살아도 밖에 나와선 이렇게 힘이 세다… 이 말이야_!!

방으로 들어간 그 녀석과 나 그리고 니코틴년은 서로 먼저 예약하기 정신 없었다.

이미 우리에겐 책이란 필요 없는 존재 _

세종대왕 이순신

국사책에 있는 건 오질나게 외워지지도 않는 게 어찌 노래번호는 이리도 잘 외워지는겐지…

어쨌든 셋이서 죽어라 예약을 해대기 시작했다.

먼저 내 차례~

내가 예약한 곡은?

에코의 "행복한 나를" 내가 젤 좋아하는 노래다.

언젠가 애인이 생기면 꼬옥 불러주기로 결심했던 노래 _

애석하게도 이 결심을 하고 불러줬던 남자가 한 명도 없다 젠장_

83

몇 번인가 이별을 경험하고서 널 만났지

그래서 더 시작이 두려웠는지 몰라

하지만 누군가 알게되고 사랑하게 되는 건

니가 마지막이라면 얼마나 좋을까

우~~나처럼

열심히 노래를 부르고… 1절이 끝났다.

그런데…

파바박

잉?? 머야?

"누가 껐어?!!"

"내가 껐다 왜?"

매우나 당당히 말하는 녀석 _

"왜 껐어!!!"

"1절만 불러~ 노래도 못 하는 게 어디 2절까지 부를려고 해."

전엔 물도 못 마시게 하더니… 이젠 노래까지 못 부르게 하냐!!!!!
그러는 넌 얼마나 노래 잘 부르는지 보자!!

곧이어 녀석의 차례~

니가 설마 노래까지 잘하겠니. 세상에 그렇게 완벽한 남자가 어디있어?

하지만 예상은 완전히 빗나간 채 녀석은 아주 멋들어지게 노래를 하고 있었다.

노래 잘 부르는 남자라면 아주 사죽을 못쓰는 니코틴년은 혼자 좋아서 안달이었고 나는 쓰라린 눈물을 삼켜야만 했다.

니가 도대체 못 하는 건 머니……ㅜ^ㅠ?

그녀석이 신청한 곡은

"그녀의 연인에게…"

84

알고있나요 지금 그대 가진 행복
내겐 아픈 이별이란 걸
그녀가 나를 떠나가기 전에

나도 그대처럼 행복할 수 있었죠

설레임이 가득한 그대 하루만큼

나의 하루 길고 외로워

어쩌면 나는 바랬는지 몰라

두 사람의 사랑 또한 이별이 되길…

내가 제일 좋아하는 노래다 ㅠ^ㅠ

근데 어째 느낌이 K2보다 이 녀석이 더 잘 부르는 것 같냐. 노래 부르는 그 녀석의 모습이… 참 멋져 보인다.

ㅠㅠ 아니야…… 새벽이라서 그런 것일게야. 잠이 와서 정신이 몽롱해서 그래서 그런 것일꺼야 ㅠ0ㅠ

노래방이어서… 그래서… 조명빨을 받아서 그런 걸꺼야…

노래가 끝나고…

"나 잘 부르지?"

"- -;; 응… 노래 하난… 잘 부르네…"

그렇게… 노래방에서의 시간은 흘러가고… 어느새 노래방에서 나오니 해가 뜨려고 하고 있었다 _

"벌써 해가 뜨는군 _ 이제 들어가 봐야 겠다."

지가 언제 부터 시간 되면 재깍재깍 집에 들어갔다고 - _ -.. 착한 척은 _

하지만… 입안에서만 그렇게 웅얼거리고 있는 나 _

"그래 ^^;; 어서 들어가 봐. 운전 조심하구~~"

"꼬맹아 오늘 우리 영화 보러 갈래?"

니가 정녕 나를 철인으로 아는게냐!!! 아님 도대체 전생에 나랑 무슨 원수가 졌단 말이냐!!

왜 이리도 괴롭힌단 말이냐_ 잠 좀 자자꾸나… 잠 좀!!!!!

니녀석 만난 이후로 내가 새벽에 푹 _잠을 잔지가 언젠지 기억조차 까마득하구나.

"-_-;; 밤새도록… 놀았으면 된거지. 무슨 영화야… 그냥 오늘은 각자 집에서 푸~~욱 쉬도록 하자. 그리고 나 내일 시험이란 말야…"

"돌대가리가 공부한다고 그게 머리속에 들어오냐?"

-_-+++++

빠지직

그래 나 돌대가리다. 근데 니가 머 보태준 거라도 있냐?? 엉?????? 그래도 넌 상고 나왔잖아. 이래뵈도 난 인문계다 이거야 이거 왜이래?

라고 말하고 싶다……-_-…… 말하고 싶어……-_-……

"그래도… 돌대가리라도… 공부… 는 해 -_-"

"결론을 말해 결론을!!!!!! 그래서 안 가겠단 거야? 엉??!!"

"아니… 가야지…ㅠ_ㅠ"

언제쯤 난 저 녀석을 이길 수 있을까… 정녕 하느님이란 게 있기는 있는건가요. 있으시다면 저런 녀석 안 잡아가시고 도대체 머 하냔 말입니까!!!

새벽 5시… 졸린 눈을 비비며 난 그 녀석과의 영화 약속을 잡은 채 니코틴년과 집으로 들어왔다.

새벽 5시에 들어와 6시에 잠깐 깨서 니코틴년 보내고 7시가 다 되어서야 간신히 잠이 들었건만 가는 날이 장날이라고 오늘은 우리 집 대대적인 보수공사!!

며칠 전 엄마에게 우린 이사 인가냐고 물었더니

"이사는 무슨 놈의 이사야? 그냥 벽지나 새로 바르고 색이나 다시 칠하고 바닥이나 다시 깔면 되는 거지…"

그 날이 오늘이라니!!!!

9시가 되어선 엄마는 빨리빨리 움직여야한다며 두 시간도 못 잔 날 깨우기 시작했다.

87

"일어나라 딸아~~~ 일어나거라 호호"

마귀 아줌마 저 정도로 심각하게 웃을 땐 그저 머든 빨리빨리 움직이는 게 상책이지.

아 _ 정녕 이 세상 어디에도 내가 편하니 쉴 수 있는 곳은 없단 말이냐 _

9시부터 일어난 나는 입은 츄리닝 그대로 옷장 속에 대충 보이는 옷을 꺼내 싸 짊어지고는 니코틴년의 집으로 향했다.

젠장 잠와 죽을 것만 같다!!!!!ㅜ^ㅜ ㅜ^ㅜ ㅜ^ㅜ ㅜ^ㅜ

띵똥띵똥

"누구세요~"

"나야 ~문열어."

"짜증나 _ 이년아 아침부터 왜 기어오구 난리야?"

딸각

"헉!!! 너 집 나왔니?"

"미쳤냐 ~! 내가 왜 고생을 사서해. 우리 집 무슨놈의 공사한다 해서 쫓겨났다."

"푸훗~~~하하 꼬소해).〈!!" (열분들 이런 친구 사귀지 마십시오 -_-)

"시끄럿!! 나 1시까지 나가봐야하는거 알지? 잠 좀 잘테니까 12시 되면 깨워."

"그래^^ 호호 근데 정말 웃긴다."

"닥쳐!!"

혼자서 미친 듯이 웃는 니코틴년을 뒤로한 채 난 니코틴년의 방으로 향했다. 방꼬라지 꼭 지년 같이 엉망진창이다.

그래도… 참… 침대가 폭신폭신 하니 조쿠나 *ㅜ0ㅜ*

그대로… 아주 깊이… 잠이 들었다.

"야!!! 일어나!! 지금 12시 30분이야."

?.?

12시 30분…

니코틴년의 12시 30분이란 소리를 듣고 내가 눈을 떴을 때……

ㅠ^ㅠ 늦었다!!!!!

부랴부랴 대충 머리감고 세수하구 빠른 손놀림으로 화장하구 집에서 싸 가지고 나왔던 옷 껴입고 대충 끝내고 나니 1시다.

그 녀석과의 약속시간……ㅠ_ㅠ

여기서 시내까지 나가는 시간만 해도 20여분… 시내에서 내려 영화관까지 걸어서 15분…

젠장망할 좆됐다 !!!!┳⌒┳

부랴부랴 버스를 타고 시내에서 내려 그 많은 사람이 쳐다보는 가운데 영화관 앞으로 죽어라 뛰었다.

지나가는 사람들 웬 여자기 구두신고 정장입고 미친 듯이 뛰고 있으니 모두들 쳐다보고 _ 나의 미친 듯한 질주 덕분인지 결국 무사히 1시 30분까지는 도착할 수 있었다.

그래도 30분밖에 늦지 않았다!!

흐흑_

영화관 앞에 도착하니 오만상을 다 쓰고는 날 야리고 있는 그 녀석_

우물쭈물

"오빠… 그게… 일찍 올려고 했는데… 잠이…"

"내가 몇 번이나 말했지!!! 니가 미인이면 내가 잠꾸러기라서 이해한다고!!! 근데 넌 미인이 아니잖아."

ㅠ0ㅠ 쓰댕 그래 나 미인 아닌 거 나도 안다 알어. 그러니까 잘못했다잖아!!!!

젠장…

어디 미인 아닌 것들은 서러워서 잠이나 자겠냐.

"어쨌든 빨리 들어가자."

"우웅… ㅠ⌒ㅠ"

그 녀석을 따라 쫄래쫄래 따라 들어간 영화관 _

일요일이라 그런지 사람들 죽도록 많구나.

북적대는 사람들로 인해 자꾸만 떨어지게 되는 그 녀석과 나 _

난 최대한 떨어지지 않으려고 녀석의 코트자락을 잡았다.

사실 생각해보면 그 녀석과 긴 반년간을 만나면서도 아직 스킨십 같은 것 없었다.

애인사이도 아닌데다가 그렇다고 그런걸 전제로 만나는 게 아니었기에… 그렇다고 단순한 오빠 동생도 아니었고… 참… 애매모호한 관계…

어쨌든 난 그 녀석의 코트자락에 의지한 채 북적대는 영화관을 돌아다녔고…

코트자락을 붙잡은 채 쫄래쫄래 따라다니던 내가 그 녀석은 여간 신경쓰이는 게 아니었나보다.

"야! 차라리 손을 잡든가 팔짱을 끼든가 해!!"

허거걱 @.@

너 머라 한거냐…^.^;;

손을 잡든가… 팔짱… 을 끼라니… 그런 건… 연인이나 하는 게 아니더냐. 너랑 나 사이 머 그렇고 그런 것도 아니고… 아이고~ 난 손 한번 잡고 팔짱 한번 끼는데 뭐가 이렇게 걸리적거리는 게 많은 지…

혼자 중얼중얼 열심히 생각하고 있는 사이 _ 어느새 내 손은 녀석의 팔 사이에 끼워져 있었다 _

"이것 봐 -_- 훨씬 편하네! 따라와_!"

그 녀석과 팔짱을 끼고선 북적대는 사람들을 무사통과하여 매표소까지 갔다. 새로 개관한 곳이어서 그런지 무진장 깔끔하고 크기도 엄청나게 큰 영화관_

무슨놈의 영화관이 백화점만한건지… 그 녀석과 난 무슨 영화를 볼지 정하기 시작했다.

마침 개봉중에 있는 공동경비구역_

"오빠 우리 이거 보자 공동경비구역_ 여기 이영애 너무너무 이쁘게 나오드라. 이거 보자~~~~~~"

"공동경비구역?? 움… 괜찮겠네… 나도 이거 아직 못 봤어. 그래 이거 보자."

처음으로 녀석과 내가 의견이 일치했던 순간이라고 하겠다 -_-

당황스러운 나와_ 그런 날 이상스럽게 쳐다보며 매표소로 향하는 녀석_

북적거리기는 마찬가지인 매표소 +++

"꼬맹아 너 잠깐 여기서 기다려라. 오빠 표 끊어 올게."

"응."

그렇게… 그 녀석은 나를 놓아둔 채 매표소 쪽으로 사라져갔다…

그런데 몇 분이 지나도 머리털도 보일 생각조차 안 하는 녀석_ 설마 오늘 늦었다고 버리고 간 거는 아니겠지? 자꾸만 녀석이 날 골리려고 일부러 안 나타는 것 같은 느낌_

지금 날 골리시겠다고?? 내가 못 찾을 줄 알고?

그래 한번 해보자 -0-!!

녀석을 찾기 시작한 나_

하지만 그게… 화근이 될 줄이야_

영화관 전체를 이리 휘젓고 저리 휘젓고… 빠진 곳 없이 샅샅이 뒤졌지만 그 녀석의 모습은 코빼기도 보이지 않았다.

도대체 어디로 가버린 거냐… 게다가… 여기가 대체 어디야?

엄마 혹시 나 지금 미아된거야?? 정말 그런거야??ㅠ0ㅠ??

나이 17세에 미아라니_!!!! 이제 어떡해야 하나…… 시끄러워서 핸드폰 소리도 잘 들리지 않는지 전화도 안 받고……

결국…

할 수 없이 난 영화관내의 미.아.보.호.소.를 찾기 시작했다_

"아저씨… -_-;; 저기… 길을 잃어버렸는데요…"

매우 황당한 듯 나를 쳐다보며 물으시는 아저씨

"-_-;; 아가씨… 미안하지만 나이가…"

"17살인데…"

"학생이었구만…-_-;; 그래도 그렇지. 17살이나 되어선… 쯧쯧… 생긴 것도 멀쩡하게 생긴 것 같은데…"

젠장 누군 이러고 싶어서 이러는 줄 아쇼!!

울고싶구나 ㅠ0ㅠ!!!!

"그냥 방송이나 좀 해주세요 ㅠ_ㅠ"

아저씨 날 힐끔 쳐다보시더니… (-_-)

"아라쑤 저~~~기 앉아서 조금만 기다려요."

내가 혼자 쇼파에 앉아 기다리자 한 여직원이 요쿠르트 하나와 종이와 펜을 가져왔다.

"^^ 여기 이름이랑 찾으실 분 신상정보 좀 써주세요."

흐흑… 언니… 요쿠르트까지 갖다주다니… 언니는 복 받을거예요.

나에게 요쿠르트를 수며 친절하게 대해준 언니에게 감사하며 녀석 이름과 내 이름 등 대충 신상정보를 적어서 내밀었다.

"여기요…"

"고마워요 ^^ 잠깐만 기다리세요."

잠깐만 기다리라던 친절한 언니는 방송을 하기 시작했다.

내가 들었지만… 참… 민망스러웠다.

"안내방송 드리겠습니다. 오늘도 우리 CGV21영화관을 찾아주신 손님 여러분께 감사드립니다. 다름이 아니오라 실내에 혹시 이은서양의 보호자 되시는 20세 김나수씨께서는 지금 즉시 5층 미.아.보.호.소.로 와주시면 감사하겠습니다. 그럼 즐거운 영화감상 되십시오."

윽_ 이제 난 죽었어_

방송이 흘러나가고… 한 10여 분이 지나자 그 녀석이 헉헉거리며 미아보호소의 문을 열고 들어왔다.

"저기… 이은서… 양은??"

"아~ 이은서양요? 저기 앉아계십니다 ^^ 보호자 되시나봐요? 잘~ 생기셨네요~ 보호자가 아니구 애인이었나봐요. 호호 앞으로 애

인간수 잘하세요~"

쪽팔려 ㅠ_ㅠ

"야! 이은서!! 너 머야? 니가 무슨 다섯 살 먹은 애냐? 어떻게 미아보호소에 올 생각을 하냐!!!"

"그거야… 오빠가 없어졌길래… 찾으러 나섰다가 길을 잃어버렸으니까 그렇지… ㅠ_ㅠ"

"바보야… 이렇게나 사람이 많은데 표를 어떻게 금방 끊어!! 내가 너 없어져서 얼마나 걱정…!! 아~씨 _! 암튼 일어나!!"

얘가 지금 나땜에 걱정했다고 말할려다가 놀래서 말 안 한거 맞지 -0-??

흑 _

고마워… 그래도 가끔 느끼는 거지만 니녀석 조금은 좋은 놈이야 ㅠ_ㅠ

"… 미… 안… 해."

"앞으로 너 나한테서 떨어지면 죽을 줄 알어!!"

"웅…"

"알았음 가자!! 영화시간은 좀 늦게 끊었으니까 그동안 밥이라도 먹자."

그렇게 그 녀석은 날 끌고… 식당 쪽으로 향했다.

내가 좋아하는 밥 ~ 그런데 무슨 놈의 식당은 또 뭐가 이렇게 종류별로 많은 건지… 정말이지 이렇게 복잡한 건 딱 질색이야 _!!

그 녀석과 난 그렇게 식당가를 세 바퀴나 돌았고… 그러다 결국은 지쳐서 눈에 보이는 아무 곳이나 들어갔다.

녀석은 우동정식을 시키고 난 돈까스…

좀 더 맛있는걸 먹고 싶었는데… 왜 메뉴가 이게 그나마 제일 나은 것인거야_!!!

먼저 나온 돈까스_

그런네…… 무슨놈의 돈까스가 무식하게 크면서 죽두록 느끼한건지…

우… 웩

내가 한참 꾸역꾸역 돈까스를 먹고있을 때 그 녀석의 우동정식이 나왔다. 무식하게 크기만 크고 느끼한 나의 돈까스와는 다르게 아주 맛있게 보이는 녀석의 우동정식_

설마 주방장조차 날 무시한다 이 말이냐 ???!!!

제기랄!!!!

"저기… 오빠… 나… 돈까스 더는 못 먹겠어 ㅠㅠ"

"다시 말해 봐_안 들려."

먹는 거 남기는 건 죽어도 못 봐주는 그 녀석_

가끔 장난친다고 죽을 때까지 먹일 때도 있지만 그래도 어제 통닭보다 더 심해_

이건 아니야_흑

"그러니까… 돈까스 맛없어서 더 이상은 못 먹겠다구~!!"

"꼬맹아 다시 말해봐. 오빠가 이번에도 못 들었나봐~ ^^"

"아니_돈까스가 너무 맛있다고."

비러머글!

말을 하란 말이다!! 먹기 싫다고!!! 더 이상 먹으면 올릴 것만 같다고!!! 흐흑…

그치만… 난 아직도 내 목숨이 소중해ㅠ^ㅠ

꾸역꾸역 억지로 돈까스를 입안으로 밀어 넣었다.

중간중간 헛구역질까지 해가며 도로 나오려는 돈까스 가까스로 집어넣으며 언제나 힘든 녀석과의 식사를 마친 나는 영화시간이 될 때까지 그 녀석과 시내를 돌아다녔다.

그런데 돈까스 억지로 먹인 게 미안했던건지 먼저 갑자기 그 녀석이 꺼낸 말!!!!

"갖고싶은 거 있냐?"

니가 웬일이냐!!

당시 한참… 유행했던 커플 폰 줄

두 개 붙이면 알러뷰~ 하고 소리나는 게 유행이었다.

내가 이 일을 겪었던 당시는 3년이나 전이니 유치하다 비웃지 말고 이해 바란다 -_-;

당신들도 아마 그러고 있었을꺼란 말이야!!!

아무튼 무척이나 갖고 싶었다.

"오빠… 나 그거 이짜나 커플 폰 줄 알러뷰 하면서 소리나는 거 그거 너~무 갖구 싶어."

"그딴 건 니 앤이랑 해."

"쳇_! 누가 같이 하재?? 두 개 다 나 주면 되잖아 _!! 갖고싶은 거

사준다구 했잖아!! 나 그거 갖고 싶단 말이야!! 사줘~~사줘~~~ 사
줘~~ 사달란 말이야!!!!"

"조용히 안 해_?!! 알았다고!! 알았으니까 옆에서 징징대지마!!!"

예쓰~!!

녀석과 난 근처의 팬시점으로 들어갔다. 시내라서 그런지 커플
폰 줄도 내가 아는 거 이외 참 종류별로 다양하게 많구나_ 그 중에
서 눈에 띄는 하트가 매정하게 반으로 갈라진 폰 줄_

"오빠 오빠!! 이거!!!!"

"얼마냐?"

녀석이 말이 떨어지고 가격표를 바라봤고 _

가격은

14,000원

뜨아_!!!

무슨 폰 줄이 14,000원이나 하는 거야!!!

여름에 여행 갔을 때도 느낀 거지만 진짜 우리나라 사기도둑놈의
나라다 _!!

그래도… 갖고 싶어 젠장 _ ㅜㅜ

"14…000원…이네…^^;;;"

"별 것도 아닌 게 비싸네 _ 제길."

그래도 녀석은 사줬다 _!!

오늘따라 왜 이렇게 잘 해주는 건지 _ 식당에서의 일만 아니면
모든 게 완벽한데!!!

점점 영화시간이 다 되어가고… 다시 영화관으로 돌아온 우리 _

돌아가는 길에 열심히 폰 줄을 폰에 끼웠지만 예상외로 잘 들어가지 않는 폰 줄_

"씨발 이거 왜 일케 안 들어가!!!"

오늘따라 이상하게도 잠잠하던 그 넘의 엿 같은 성격이 드디어 나왔다_

누누히 말하지만 좀 길거리에서 제발 자제 좀 해다오!!

"잘 좀 해봐 _ "

"씨발 근데 내가 이걸 왜 하고 있어야하냐 _!!!"

"ㅠㅜ 누가 하랬어? 그냥 오빠가 하고있는 거잖아."

"아 _ 이제 됐네."

이미 내 말은 안중에도 없는 듯 - _ -

금방 안 된다고 화낼 때는 언제고 이젠 또 된다고 얼굴이 환하게 펴지는 녀석이었다.

그리고선 나보고 애인이랑 하라고 소리를 지르던 팬시점에서의 모습과는 달리 내 폰과 자기 폰에 폰 줄을 끼워 넣은 그 녀석은 나는 손도 한번 못 대보게 하고 혼자 두 개의 폰을 가진 채 하트표를 맞대며

"갤러뷰~ 갤러뷰~" 〈-원래는 알러뷰임…

를 외치며 즐거운 듯 낄낄거리며 웃었다.

역시나_

녀석은 싸이코가 확실했던거야 _!!

곧 영화가 시작되었고… 오옷 _ 정말 멋진 병헌 오빠 _♡

한참을 둘이서 히히덕거리며 영화를 관람하는데 자꾸 옆쪽에서 이리저리 왔다갔다 거리며 아른거리는 무언가 _

또 나의 궁금증을 유발하는구나 _

벌써 20분 째 내 옆에서 아른아른 거리고 있다.

뭘까……???

헉_!!

?.?

황당스럽고 내가 부끄러워서 오줌 쌀꺼 같구나 -0-

내 옆에선 한 커플이 앉아 키스…… 에서… 쪼… 금 더… 발전한 -0-..그 .. -0-..

99

순진하고도 순수한 나로썬 심의에 걸릴까봐 제대로 말도 못할..-0-..

그냥 딱 한마디만 덧붙이자면 남자의 손은 여자의 가슴에 머물러 있었다 ㅠㅠ

남이 키스하는데 내가~ 내가 왜 자꾸 가슴이 두근거리는 거야 _!!!… 이은서 너 미쳤냐? 키스는 니가 하는 게 아니고 저 사람들이 하고 있는 거라구!!!

그래도 가슴이 뛰는걸 어떡해 O╥^╥O

혼자 어쩔 줄을 몰라 발광을 하고 있는 나 _

나 정말 순진하단 말야!!!

미안하다 _

잘못했으니 -_- 소설 안 본다고 하지는 말아다오.

흐흑…

내가 안절부절하며 영화에 집중을 못하고 있자 그런 날 바라보던 녀석 _

"미쳤냐? 얘가 왜 이렇게 안절부절이야? 화장실 가고싶어??"

"그게 아니고 _ 저~ 기… 내 옆에… ㅜ_ㅜ…"

"니 옆??"

그 녀석은 날 살짝 밀어낸 채 내 옆을 쳐다봤다. 그리고선 영화관이 떠나가라며 깔깔거리고 웃는 녀석 _

ㅠoㅠ

머냐고~ 왜 이렇게 웃는건데 _ 것도 영화관에서 _!!

영화 보던 중에 그렇게 큰소리로 아무렇지도 않게 당당하게 웃으면 어쩌자는 건데 _!?!?!

결국 난 그 녀석 대신 일어나 꾸벅이며 용서를 구했고 그 녀석은 혼자 웃음을 참아가며 영화가 끝날 때까지 내내 웃어댔다.

남 키스하는데 뭐가 그렇게 녀석은 우스운건지 _ 나는 심장 떨려고 화끈거려 죽을꺼같더만 _

영화가 끝나자마자 녀석을 끌고선 누가 볼세라 영화관을 잽싸게 튀어나왔다.

"오빠 미쳤어? 영화하구 있는데 그렇게 크게 웃으면 어떡해!!!! 그리고 딴 사람들 키스하는게 뭐가 글케 웃을 일이야!!!"

"우리 꼬맹이~ 의외로 엉큼한 데가 있다? ㅋㅋ"

-O-;;

갑자기 이건 또 무슨 소리야?? 엉큼하다니??

"대체 머래는거야~~!!"

"너~ 솔직히 말해 봐_ 안절부절 못했던거 그 사람들이 키스하면서 하는… 그런 모습에 니얼굴이 겹쳐서 그랬던 거지?"

-//////O/////-

쪽집게 도사다. 그냥 너 길에 돗자리 하나 펴라.

사실 그랬다…

난 그 사람들을 보며 가슴이 두근거리고 안절부절 못했다. 민망스러운 포즈로 내 앞에서 키스를 하고 있었기에 그도 그러했지만 그 사람들을 보며 어딘가에서 웬지 모르게 미래 나의 저런 모습을 상상했기에 -O-

그런데 이 녀석은 도대체 어떻게 안 거야 _!!! 정말 의심스럽다. 아니 무섭구나 ㅠOㅠ 멀리하고 싶어 _!!!

"-//////O/////- 아냐!!!"

"에이~~~~~~괜찮어 괜찮어 꼬맹아~ 오빠가 담에 저런 거 보다 더~~~욱 더 찐하게 해줄게~~"

비러머글 색마자식!! 더 찐하게 하긴 멀 찐하게 해준다는거야!!!!

그래도 은근히 거기서 더 찐한 거면 어떤걸까라고 상상해보는 나였다. 역시나 나도 변녀였던 것일까……-_-

그렇게…… 영화관의 소동은 끝이 나고 있었다.

7 개기면 죽는다!

다음 날은 나의 중간고사_

역시나 녀석과 실컷 놀아준 덕분인지 시험은 다 망쳐버렸다.

1교시 _자습

자습은 무슨놈의 자습… 무엇을 치는 지나 알아야 공부를 하지!! 잠이나 자야지 _

2교시 수학

내가 수학 풀 능력이 되냐? 3분만에 다 찍고 역시 잤다_

3교시 국사

수학시간에서 넘겨와 국사시간까지 계속 자다가 시험 끝나기 5분 전에 내 뒤에 아이가 깨워 주길래 그나마 5분만에 찍을 수 있었다 _ 그 애가 안 깨워줬으면 아마 난 찍지도 못했을 것이다. 고맙다. 이름 모를 뒤쪽의 아이야 _ ㅜㅜ (매일 학교 오면 잠만 자기에 반의 친구들이 누군지도 모름 –_-;)

4교시 사회

그래도 유일하게 풀긴 풀었다고 할 수 있는 과목 _ 원래 꼬옥 머리 나쁜 것들이 사회 같은거는 잘한다고 어려서부터 사회과목은 공부를 안 해도 점수가 나왔다. 대충 아는 것만 얼추 풀었다만 그래도 자신이 없긴 마찬가지였다.

102

그렇게… 중간고사 첫째 날이 끝났다.

종례하러 들어온 덕자언니 _

청소 안 해놨다고 노처녀 히스테리를 부리며 청소하라고 고래고
래 소리를 지르고 나가버렸지만 우리의 니코틴년과 내가 조용히 청
소나 하고 있을 리가 없다 _ 그냥 조용히 빈 가방을 들고 교실을 빠
져나온 니코틴년과 나 _

"주희야 _ 시험 잘 보았느냐."

"묻지마."

"너도 나와 같구나 ㅠ_ㅠ"

"젠장 _ 가서 공부나 하자."

"그러도록 하자꾸나 칭구야 ㅠ0ㅠ"

니코틴년과 난 어차피 하지도 않을꺼면서 또다시 대도 안 하게
공부를 한답시고 우리 집으로 발걸음을 옮겼다.

따릉 따릉

"이은서 _ 구려터진 니 폰에 문자왔다."

"그래 _"

언제나 구려터진 폰 _ 그리고 구린 나의 문자 오는 소리

『꼬맹아 지금쯤 시험 떡치고 주희랑 공부한답시고 집으로 가고
있겠네 낄낄』

이 녀석 정말정말 막 총각도사 뭐 그런 거 아냐?? 왜 이렇게 항
상 잘 맞추는거야 _!! 혹시 매일 나 쫓아다니면서 내가 뭐하는 건지
지켜보는건가 _ -0-? (절대 그런 일은 없음 -_-)

예상은 했겠지만 물론 집에 도착한 우리는 또 침대에 누워선 각자 보지도 않을 책을 한 권씩 펴놓은 채 수다를 떨기 시작했다 _ 그렇게 우리의 수다는 새벽녘까지 계속되었고…

다음 날 시험 _

역시 마찬가지였다. 굳이 언급하기조차 비참하니 생략하기로 하자 ㅠ_ㅠ 똑같은 일을 세 번이나 이야기하려니 내가 괴롭구나 _

어쨌든! 잘 봤든 망쳤든 그래도 일단 시험은 끝났다 _!!!!!

얏호~~

중간고사도 끝나고 앗싸앗싸~! 이제 노는 일밖에 남지 않았구나

(항상 놀았으면서)

그리하여 중간고사가 끝난 뒤 보름동안 친구들과 어울려 다니며 매일 남자들을 만났다. 그리고 녀석도 나름대로의 연애사업을 하는 듯 통 정신이 없는 듯했다 _

오늘도 늦게까지 자다가 팅팅 부운 눈에 부시시한 머리로 학교에 도착하니 _ 어김없이 나를 갈구는 것이 취미인 우리의 니코틴 양 _

머리는 그게 머냐는 둥 세수를 하기는 했냐는 둥 나를 마구 갈궈댔다. 항상 내 생활이 그렇듯 수면복장인 체육복으로 갈아입은 채 솜털같이 가벼운 내 가방을 쿠션 삼아 바로 꿈나라로 향해들었다.

"웅~~~~~웅~~~"

"야!! 이은서!! 일어나."

"음… 냐…… 왜… 그… 래?"

졸려서 반쯤 감긴 눈으로 짝지에게 물었다. (요새 밤늦게 남자 만나

러 다니느라…_-;;)

"야!! 니 폰에서 진짜 구린소리 나서 너무 거슬려 어떻게 좀 해
봐!!"

"구린소리???_? ; "

책상서랍에 손을 넣어 핸드폰을 꺼낸 나 _

역시나…… 그 이름도 유명한 왕싸가지 싸이코 밥맛에 덧붙이자
면 이.중.인.격 나의 자랑스런 오라버니 녀석이었다. 이유인즉 어젠
오랜만에 내가 대들었고 그러고선 전화통화 도중 또 한번 간땡이
부어터지지 않고선 절대 못할 통화도중 끊었었지 _ 요새 남자가 생
기다 보니 내가 간이 좀 커졌다. 아무튼 그랬더니 문자를 보내선 짜
증나게 하는 것이었다.

『꼬맹아!! 침 질질 흘리고 자고있지? 쪼끄만한 게… 어제 니가 그
딴 짓을 하고도 무사할 것 같냐? 좋은 말 할 때 일어나서 전화해라
응?_』

반은 협박 _ ! 하지만 그리 많이 화나지는 않은 듯 해 보이는 문
자 _

그리고 _!

이젠 나도 어느 정도 녀석의 이런 면에는 익숙해졌다 이거야!! 어
줍잖게 이런 문자에 미안하다 한마디 던질 내가 아니었다. 이젠 예
전의 비굴 이은서가 아니다!!

으하하하하하하하^_^하하하하…

미안하다. 좀 오버했다 -_-;

난 익숙한 솜씨로 선생님 눈치를 살피며 책상 안에 핸드폰을 넣고는 열심히 문자를 찍었다. 참고로 이 수법은 오랜 연습기간을 거치지 않고서는 절대 불가능한 일이지만 대한민국의 중, 고생들이라면 모두가 가능한 _ 그리고 학교 밖에서도 탁자만 있으면 습관화가 되어서 무심결에 탁자 밑으로 폰을 가져가 문자를 찍는 그런 행동_

『어허 _ 성격장애 바람둥이 말이 많네 _ 잠이나 자지 그래?』

으하하 -.─γ

문자가 발송이 되고 다시 징징거리는 나의 사랑스러운 핸드폰 _

그래 잘못했다!!

구린폰이라구 인정하면 될꺼아냐 _!!! 특히 문자소리 제일 구린 _

핸드폰이 다시 징징거렸다 _ 흑

『하하… 꼬맹아 많이 컷구나? ^^ 우리 조만간에 서로의 남녀관계를 잠시 보류한 채 만나야겠다 그치?? 그리고!! 난 그래도 능력이 되니까 성격장애라도 바람둥이가 성립되는거고 _ 근데 넌 성격장애가 아니라도 능력이 없어서 못하자나? 하하!』

ㅠ^ㅠ 나의 유일한 컴플렉스를 건드려버린 녀석 _!

지가 잘났음 잘났지 얼마나 잘났다고 남자 꼬시는 능력가지고 나를 이리도 갈구냐 말이다!

그래, 나 남자 꼬시는 능력이 없어서 17년 동안 살면서 제대로 된 연애한번 못해봤고 남들 다 한다던 첫 키스도 못해봤다. 그래서 머보태준 거 있나?? 엉??!!

예전에 피시방에서 3분만에 여자 꼬시기에 성공한 것도 니넘이

었고 _ 길거리에서 내기해 여자 먼저 꼬셔온 것도 니넘이 이겼어 _

그렇지만 _ 그렇긴 하지만 _ 꼭 그렇게 말을 해서 내 가슴에 못을 박아야겠니!!!

서러워_ 흑

그래도 이젠 남자도 좀 만나고 한단말야 _

더 이상 이렇게 살 순 없어! 이번엔 뭔가를 꼭 보여주고 말리라 꼭 _!!!

때마침 옆의 성일고등학교 축제_ 그리고 보름동안 친구들과 어울려 남자 만나고 다니면서 알게된 놈도 한 명 있다 _!!

가서 남자를 꼬셔야겠어 +_+ 뭔가를 보여주고 말테야 +_+!!

같이 갈 친구부터 물색하자꾸나 _

오옷 ~ 포착 _

나의 사랑스러운 친구 니코틴년.

내가 젤 사랑하는 친구 _♬

이럴 때만 젤 사랑하는 친구_♬

니코틴년에게 살짝 다가간 나 _

"주희야~~~~~~^^* 내일 우리 성일고등학교 축제 가자~~"

"이년아 꽃부터 치워. 오바이트 할꺼같애 _"

쳇 _ 성격은 녀석과 꼭 닮은년 같으니라고.

"그래 _ 칫"

"성일고등학교 축제?? 너 원래 축제 같은 거에 관심 없잖아. 아니다 _ 가도 말 걸어주는 남자가 없어서 안 갔던건가? ㅋㅋ 그나저

107

나 갑자기 왜 그러는건데?"

"남자 한번 꼬셔보려고 +_+!!!"

"눈까지 빛내며 말하지 말아라. 그러다 남자들이 말 안 걸어주면 너 상처받을까봐 이 언니가 걱정이다~"

"괜찮아 ~ 괜찮아 _ 그럴 일은 이제 없다 -0-! 걱정하지 마렴 _ 갈꺼지??"

" 성일 축제가 토요일이었지_? 딱히 할 일도 없는데 가지 뭐~ 대신 내가 제일 좋아하는 던힐로 두 갑 사라 _"

"-_-… 좀 끊을 수 없니?"

"가기 싫은가 보지?"

108

"아냐아냐 _ 사주께 -0- 그럼 -0- 허허허"

망할년 _ 어차피 지두 가서 남자꼬실꺼면서 _ㅠ_ㅠ

시간은 흐르고 드디어 다가온 성일고의 축제날 _ 이날을 내가 얼마나 기다렸던가_ 학교가 마치자 집으로 휘달렸고 온갖 치장은 다 한 채 만족스러운 마음으로 니코틴년과 함께 성일고로 출발 _!

교문 앞에서부터 보이는 숱한 남정네들

여고에서는 절대 못할 남정네들이어서 그런지 정말 좋구나 _ 오길 잘했어 _*ㅠ0ㅠ*

일단은 내가 아는 녀석이 있는 GMP란 써클을 찾는 니코틴년과 나 _! 그런데 _왜 써클이름이 좋은 한국이름 놔두고 영어일까? 젠장! 한국어를 사랑해야 하는거야!!(실은 영어가 딸리는 것일 뿐임 -_-)

써클 안으로 들어가자마자 니코틴년과 나를 반갑게 맞는 어떤 놈

"어서오세요~~"

들어오자마자 이런 애가 나오냐… 에잉… 아쭈? 말하는 투까지 마음에 안 든다.

두리번거리자

"누구 찾아오셨어요?"

라고 묻는 맘에 안 드는 녀석 – _ –

그래 찾아오긴 했다! 하지만 좀 많다고 할 수 있지 호호 _ 그 녀석 앞에서 당당히 내세울 수 있는 놈을 만나야 하니까!! 재미도 없는 설명_ 지루해서 죽을 뻔했다.

대체 그놈의 자존심이 뭐길래 _!! 흑

너무나도 지루해서 좀 빨리빨리 넘어가자고 했더니 더욱더 열심히 설명해댄다. 그리고 마지막으로 미로찾기 게임 _ 제시간에 나가면 사탕을 준댄다 ^^

109

사탕이 걸려있기에 열심히 한 나 _!! 그런데 두 개밖에 안 주더군 _ 쪼잔한 녀석 같으니라고_ 너도 나수 녀석처럼 쪼잔한 놈이었어 쳇쳇_

그래도 _ 일단 이 녀석을 처음 만났으니 니가 1순위다 _!

망할 김나수ㅠ0ㅠ 두고봐라. 내가 어떻게 남자를 꼬셔오는지 _!! 하지만 나의 굳은 결의와는 달리 그곳에서 나온 후 계속해서 이곳저곳 둘러보았지만 이 학교 원래 물 좋다고 소문났었는데 대체 왜 이렇게 되어버린건지 _ 오히려 이상하다고 생각했던 제일 처음 만난 녀석이 그나마 제일 낫다고 할 수 있었고 내가 아는 녀석은 대체 어디서 뭘하고 돌아다니는건지 얼굴조차 볼 수 없었다.

그렇게 첫날 축제가 마쳐버렸다.

아무런 수확도 없이 ㅠ_ㅠ…

흐흑_ 이 상태로라면 나수녀석 분명 날더러 니가 그러면 그렇지
~ 라며 놀려될 게 뻔해_!!

안돼 안돼 절대 그럴 순 없어 _!! 이렇게 되면 역시 제일 처음 만
났던 그놈밖에 없는거구나 _ 흑

그래 _ 어쩔 수 없다!! 이놈이라도 작업을 해보자!!

먼저 작업 1단계

1. 다모임을 공략해라!

찍은 남자를 꼬시기 위해선 다모임이 최고다. 특히 이름과 학교
만 안다면!!

난 다모임 접속과 동시에 성일고등학교 현재접속회원에게 모조
리 쪽지를 보내기 시작했다. 물론 무엇 하나를 구실 삼아서 최대한
어색하지 않게 _ 때마침 나의 짝이 성일고등학교 축제공연 때 누군
가가 불렀던 노래 제목을 알아봐 달라고 부탁을 하고 _♡ 모든 성일
고 학생에게 물었다.

"저기…^_^ 축제 때 갔던 사람인데 공연 때 불렀던 노래의 제목
이 뭔가요?"

작업과 노래 제목이 무슨 상관이냐고?? 바보 같은 것들아 _! 대
놓고 그놈 찾으니까 연락처 내놔라 할 수는 없지 않느냐?

하나둘씩 답장이 오기 시작하고 _♬ 그 중 한 명을 붙잡고 이런

저런 대화를 나누다가 이쯤이면 되었다 싶을 정도에 제일 처음 만났던 녀석에 대해 묻기 시작했다.

오옷!! 그런데 정말 우연찮게도 내가 제일 처음 만났던 녀석의 반의 반장이구나!! 그리하여 아주 쉽게 연락처까지 알아낸 나 _ 이건 분명 하늘이 날 돕는거야 _ 흐흐훗

그 녀석의 연락처를 알아내고 들뜬 마음으로 하루를 마감하였다 _♡♡♡

언제나 괴로운 아침 _

어김없이 부시시하게 자다 일어난 채로 학교로 향했다.

일단 한숨 자고 시작하자 _! 물론 한숨 자고 시작한다는 게 점심시간이 되어서야 일어나버렸지만 _ 그래도 든든하게 배를 채운 후 작업에 착수했다.

핸드폰을 꺼내들고선 먼저 아주 착한 아이처럼 문자를 띄우기 시작 _

"저기 _ ^^* 축제 놀러갔던 사람인데 어쩌다가 연락처를 알게 되었어요 호호_ 반가워요 _ 친구분한테 말씀 들으셨죠?"

정말이지 내가 봐도 짜증스러운 문자내용 _ 만약 그녀석이 내게 이런 문자를 받는다면 과연 뭐라고 할까?

"미친 지랄하지마."

라고 했겠지 -_-;

어쨌든 나의 띄어난 작업실력(?)

미안하다 정정하마 ㅠ0ㅠ

성일고 녀석이 나를 불쌍하게 여겼다 하자.

하여튼!!

난 그… 영어이름 써클이 약간 맘에 안 들지만 그래도 제일 나았던 녀석과 결국 만나기로 약속까지 했다 ^o^

약속장소는 근처의 초등학교 〈지금 초등학교라고 반박하는거냐?

초등학교가 얼마나 좋은덴데… 어두컴컴해지면 술도 마시고 _ 니코틴년이 사랑하는 담배도 맘 놓고 피고_ 그래서 니코틴년이 좋아하는 곳 중 하나이기도 하다_

약속시간이 다 되고 성일고 녀석과의 약속장소로 향했다. 하지만 아직 도착하지 않는 듯해 보이는 성일고 녀석 _

시간이 흐르고 5분 정도가 지나서야 녀석의 모습이 나타났다.

이런 젠장 _

김나수도 아닌 주제에 감히 날 기다리게 하다니_!! 그래도 아직 녀석이 날 기다린 적은 있어도 내가 녀석을 기다린 적은 없건만 _!!

늦게 온 성일고 녀석과 난 편히 앉아 쉴 수 있는 쪽으로 갔다.

그런데… 아무래도 이 녀석 김나수와 만만찮은 싸이코인 듯 _ 처음 보자마자 10분도 채 되지 않은 나에게 껌을 사오라고 시킨다 -0- 황당하고 어이없어서 기만 차는구나 -0-

이 자식아 _! 넌 내가 그녀석이랑 내기만 아니었음 죽었어 _!! 젠장! 그리고 _!! 난 그 녀석 앞에서만 비굴해 진단말야. 넌 아니라고 _!!! 그래도 일단은 -여기서 그냥 포기하면 자존심 상한다는 생각에

_ 밖으로 나가서 껌을 사온 나 _

흐흑 _ 내가 나수 녀석도 아닌 이런 놈에게 껌을 사다 갖다 바치다니 _ 젠장 꼭 비밀로 할테야 _!!

그런데 성일고 녀석 _ 이 미친놈이 껌까지 사다 바쳤는데 고맙다는 말 한마디 없이 자꾸 옆으로 살살 붙기만 한다 _ 변태인가?? 왜 자꾸 붙고 난리야 _!!! 난 누가 나한테 앵겨붙는 거 정말정말 싫어 _(못 해본 게 아니고?)

그래서인지는 몰라도 아직 왕싸가지 이중인격 그 녀석과도 영화관에서 팔짱밖에 껴본 적 없다. 싸가지 없는 그 녀석 매너는 그래도 지킨단 말야!!

내가 그런 거 싫어하는 거 알기에 옆에 붙어서 잘 걷지도 않는데 넌 도대체 무슨 배짱이냐 _!!!

113

아 _ … 그래도 참아야해. 그래_ 옆에 좀 붙는 거 어때? 조금만 참으면 되는 거지 _

이미 그 녀석에게 벗어!!란 소리까지 들었는걸? 같은 말 의미가 상당히 다른 소리였지만 -_-;

그런데……

그런데……

성일고 녀석 편편한 곳에서 나를 스윽 _ 안더니 그대로 뉘워 버린다 -0-!!! 그리고 자꾸만 내 몸 위로 슬금슬금 올라오는 녀석 _!!

"뭐… 뭐하는거야 ??!!!"

당황스러운 듯 말하니 성일고 녀석 정말정말 느끼한 눈빛을 던지

며 내게 하는 말

"내가… 싫어…?"

무… 무섭다_!!

그래도 저번에 모텔에서 그 녀석이 벗어!! 라고 했을 때도 이 정도는 아니었다_ 매일 녀석에게 장난으로 변태변태 했지만 이건 아냐_!!

나수 녀석말고 성일고 이 녀석이 진짜 변태아냐???!!! ㅠoㅠ!!!

정신이 제대로 박힌 녀석이라면 어디서 오늘 만난 여자를 끌어안고 누워선 "내가 싫어?" 란 말을 지껄이냔 말이야_!!! 이 난관을 어찌 벗어나야 한단 말이냐_ 반항하면 반항한다고… 더 당할 수도 있잖아_ 흑!! 어떡해~!!!

"저기… 좀 나와줄래? 답답하거든?"

조금 당당하게_ 가슴은 졸였지만 그래도 아무렇지 않은 척_ 최대한 태연하게 연기했다 -0-

그러자 성일고 녀석 조금 당황한 듯_

이때다!!

달려라_~~!!

뒤에서 성일고 녀석이 내가 뛰는 모습을 바라보면 얼마나 우습겠냐만은 그래도 미친 듯이 달렸다_ 달리는 길만이 내가 살길이야_!! 일단 뒷일은 집에 가서 생각하자꾸나!!

미친 듯이 달려와 무사히 집으로 도착한 나_ 집으로 들어오니 긴장이 풀리면서 생각할수록 화가 나는 건 무엇일까?

일단 니코틴년한테 전화를 걸었다. 하지만 당연히 흥분하며 머그런 녀석이 다 있냐고 욕 해 줄줄 알았던 니코틴년은 나를 배신하고 던진 한마디

"계속 갔음 당했겠다? -0-"

니년이 과연 내 친구가 맞단 말이냐!!

더욱더 화가 난 난

"끊어 나쁜년아 -0-!!!"

란 말을 던지고선 성일 고등학교의 원래 아는 녀석에게로 전화를 걸었고 내가 겪었던 일들을 고래고래 소리까지 질러가며 이야기했다 _

참고로 내가 아는 녀석은 킥복싱 챔피언을 한 성일고의 일진녀석이었다 -_-;

갑빠가 장난이 아니고 주먹만 봐도 무섭다 _!! 원래 일진녀석들이 학교에 대한 자부심이 좀 강하다 _! 그 점을 이용한 나는 성일고엔 그런 변태자식들밖에 없냐는 식으로 녀석의 약을 마구마구 올렸고 화가 난 녀석은 그 변태자슥을 가만히 두지 않겠다며 울그락 불그락해져서는 전화를 끊었다.

"젠장 _ 아직도 분이 안 풀리네!!"

혼자 침대 위에서 방방 뛰어가며 분을 삭히고 있는데 그런 와중 다시 울리는 전화벨

옛날 옛날에 한 옛날에 다섯 아이가 _♪

"여보세요!!!!"

"머하냐?"

이중인격자 싸이코 녀석 _ 너 때문에 지금 내가 이렇게 황당한 일을 당하고 화가 나있는데 지금 니가 태연하게 머하냐? 란 소리가 나오니 ???!!!

그런데 왜 _ 녀석의 목소리를 들으니 이렇게나 안심이 되면서 긴장이 풀려버리는건지 _ 그렇게 긴장이 조금씩 풀리니 분한마음에 참고만 있었던 눈물이 나기 시작했다.

"흐흑… 흑 _ 젠장 _ 너 때문이야… 오빠 때문이라고 _ 이게 머야… 흑 _"

"꼬맹아 너 우냐?? 엉?? 왜 그래??"

처음 듣는 내 울음소리에 조금 놀란 듯 묻는 녀석 _ 하지만 봇물처럼 터져 나오는 울음 때문에 아무런 말도 할 수가 없었고 한참동안 울먹이고 있으니

"집 앞으로 나와 지금 갈게."

라고선 끊어버렸다.

젠장 _ 울어도 먼저 끊어버리냐!!

8 멋진 녀석

10여분 뒤…… 다시 녀석에게 걸려온 전화

"나와."

하도 울어서 눈은 띵띵 부은 채 집 잎으로 나갔다. 그리고 녀석을 보자마자 고래고래 소리를 지르며 녀석에게 앙탈을 부렸다. 모든 게 다 오빠 때문이라고 _ 짜증스러운 눈물도 함께 흘리며 _

그리고

"하하하 그러게 오빠한테 괜히 기어오르지 말았어야지! 앞으로 잘해~"

란 정도로 말할 줄 알았는데 갑자기 녀석의 인상이 매우나 험악해지더니

"그 자식 집 어디야!!!"

라고 되묻는 녀석 _

얼굴이 시뻘겋게 달아올라선 그때부터 고래고래 그 자식 집이 어디냐고 소리를 지르는데 _ 그걸 말이라고 묻는 거냐고요 ~

내가 오늘 만난 놈의 집을 어케 알아?

"집 몰라 _그리고 목소리 좀 낮춰 ㅠㅠ 엄마 나오겠다!!"

"휴 _ 꼬맹아!"

"응?"

"미안하다."

나 지금 혹시 잘못 들었니??

녀석이 지금 내게 미안하다고 한 거 맞지??

"ㅇ_ㅇ ;; ;; ;;"

당황스러워하고 있는 날 그 녀석은 말없이 안더니 한참동안을 미안하다고 중얼거렸다 _

그러더니 집으로 돌아가면서까지 잊지 않고 말하는 녀석 _

"그 새끼 집 모르면 폰 번호라도 내놔_"

안 내놓으면 아예 성일고에 찾아갈 기세인 그 녀석_

그리하여 난 핸드폰에 저장되어있던 성일고 녀석의 번호를 건네주었고 번호를 건네 받은 그 녀석은 밤이 깊어서야 날 집으로 들여보내놓고 돌아갔다. 오늘만큼은 정말 너란 놈이 내 옆에 있다는 게 참으로 다행이라는 생각이 드는구나… 너마저 없었음 난 어떻게 했을까?…… 물론 니가 없었다면 그 일도 안 겪었겠지만은 -_-;;

집으로 들어온 나는 씻기 위해 욕실로 들어갔고 _

거울에 비친 내 모습 _ 흐어억!!! 괴물이다 ㅠ^ㅠ

눈물범벅 콧물범벅 피부까지 울긋불긋! 그럼 나 지금 여태까지 이 얼굴로 녀석과 마주하고 있었단거야??!! 으아아아아앙 쪽팔려 _!!

#아침

 아직까지 남아있는 어젯밤의 여파-_-;로 인해 팅팅 부은 눈으로 학교로 향했다. 어제는 관심도 안보이던 니코틴년 _ 학교에 도착하니 조금 미안은 했던건지 잠도 못 자게 하고선 꼬치꼬치 캐묻기 시작했다_ 오늘따라 니코틴년이 왜 이리도 미워 보이는건지 -_-+ 그냥 확 _ 꼬치에 꿰어버릴까보다!! 어떻게 해야 니코틴년을 꼬치에 꿰어버릴 수 있을까? 란 그런 말도 안 되는 상상들을 하고 있을 쯤 핸드폰이 울려퍼짐 _
 녀석의 문자 _
 『꼬맹아 오늘 마치고 바루 롯데리아로 텨와라 늦으면 죽는다』

 어제의 다정했던 모습은 어디로 간 건지 _!! 왜 내가 그런 일을 당할 뻔(?)했는데도 변한 게 없냐!!! 한동안이라도 좀 잘해줘야 하는 거 아니냐고요!! 제길 _ 니녀석이 그렇지.
 어느덧 학교도 마치고 안 그래도 어제 울어 팅팅 부은데다가 학교에서 하루종일 자서 더 부은 얼굴로 롯데리아로 향해 열심히 뛰었다. 그리고 내가 막 롯데리아 근처에 도착했을 쯤……
 "어라?? 왜 저렇게 사람들이 모여있지?"
 그 녀석이 너무 잘생겨서 사람들이 지나가다 멈춰서서 구경하나보다 _ 란 생각들을 하기엔 너무 많은 사람들 _ 그리고 여자들만 있다고 하기엔 남자들이 너무 많았다. 더욱더 중요한 건 당황스럽게도 모두들 롯데리아에서 전방 100m는 떨어진 채 모여있는 것 _

무슨 구경거리라도 생겼나 싶어서 사람들 사이를 제치며 롯데리아로 다가갔는데… 으아악!!!! 이게 무슨 일이야_!!!

머리는 깍두기에 시커먼 양복을 입은 웬만한 씨름선수보다 더 커 보이는 덩치오빠들 -0-

적어도 50명 정도가 되어 보이는 사람들이 롯데리아 앞에서 서성이고 있는 것이었다.

흐어억!! 그리고…… 더 놀랄 일_

바로 그… 그 싸가지 없고 이중인격의 소유자 김.나.수.!! 이 녀석이 그 무리에 끼여 베이지 정장 입은 채 빛이 나고 있었다!! 너 _ 너 _ 김나수 너 설마… 싸가지 없고 성격도 쓸데없이 더러운 게 _ 그리고 돈도 많았던 게… 니네 집이 부자인 게 혹시 조폭이라서 그랬던 거냐 -0-??!! 당황스러워서 웃음밖에 안나오는구나.

하하하하하하하하하 -0-..

그나저나 지금 내가 아마 여기서 니녀석을 아는 척 한다면… 분명 이 동네 사람들은 다 날 쳐다보겠지? 그리고 무슨 말들을 할지 모르지 _ 결국 난 니녀석을 아는 척 하는 동시에 이 동네에서 산다는 걸 포기해야 하는거겠구나 -0-…

흑 _ 이 일을 우찌해야 한단 말이냐_!!

그래!! 결심했어!! 일단은 튀고 보자 _ 나중에 녀석에게 전화해서 집 근처 쪽으로 오라고 하는거야!!

나는 그렇게 말도 안 되는 어리석은 생각을 한 채 뒤로 슬그머니 돌았다.

하지만 _ 하늘은 언제나 내편이 아닌 그 녀석편 _ 내가 무사히 탈출할 수 있을 리가 없었다 _!!

"이은서!! 너 왔음 빨랑 오지 어디가?"

일제히 나에게 모든 사람들의 시선집중 _ 하나님 부처님 맹자님 공자님 어찌하여 저를 이런 시험에 들게 하시나이까…ㅠㅜ

어리석게 튈려고 했던난 그 녀석에게 걸렸고 울 동네의 그 많고 많은 사람들의 눈길을 받은 채 그 녀석에게로 다가가야만 했다 _ 그 녀석에게 다가가면서도 끝없이 보이는 깍두기 오빠들_ 가까이서 보니 인상이 더욱더 더럽구나 흐흑_

"오빠… 하하 -0- 안… 안녕??"

"너 왜 그래? 왜 그런 얄딱구리한 표정이냐? 오줌 싸고 싶냐?"

지금 내가 이따위 얄딱꾸리한 표정 안 짓게 생겼냐?? 도대체 저 깍두기들은 머냥 말이야!!!!!!!!! 라고 말하고 싶었다만 그 녀석만 있어도 무서운데 일제히 나를 쳐다보는 깍두기 오빠들이 너무너무 무서워 말조차 제대로 안나오는 나 _ ㅠㅜ

"저… 기… 오빠… 근데… 이… 사… 사… 람… 들은 머… 야?"

"짜증나 _! 더듬지 말고 말해. 진짜 화장실 가고 싶냐?"

"… 그…그러니까… 이 사람들은 뭐… 뭐냐고 -0-"

소심하게 녀석에게 바짝 붙어 귓속말로 말한 나 _

그러자

"참 _!! 민아 일로 와!!"

녀석은 내 말은 대답도 않은 채 보기만 해도 무서운 깍두기 오빠들을 향해 민이란 사람을 불렀다. 그러자 그 사이에서 엄청나게 덩치 크고 가장 무섭게 생긴 사람이 나오고 -0-

근데 잠깐?? 이놈이 민이라고 불렀었지??

참 _ 이름하고 덩치하고 안 어울리는구나 _ 하하핫

혼자 그 사람 이름 가지고 저따위 생각들을 하고 있을 쯤 어느새 민이란 조폭 오빠 녀석과 내 곁에 바짝 다가와 있었고 녀석은 날 향해 말했다.

"꼬맹아 인사해라. 여긴 나랑 동갑인 내 사촌 김민 _!"

?.?

지금 머랜거야?? 사촌이라고?? 깍두기 오빠들 때문에 무서워서 헛것이 들리나…… 어째서 이 잘난 조각 같은 얼굴의 사촌이 이리도 울그락 불그락하고 무섭게 생겼단 말이냐!!! 그리고 동갑이라는데 이게 어찌하여 20살이란 말이야. 언뜻 봐도 40은 되어 보이는데~! 말도 안 돼 _ 말도 안 돼! 이건 내가 잘 못 들은거야 -0-

어방하게 벙찐 난 녀석에게 다시 되물었다.

"사촌……??? 에이~ 오빠 장난도 심해."

순간 그 사촌 민이란 사람의 눈썹이 꿈틀거렸다 _

ㅠoㅠ

"내 사촌이라니까? 인사해라!! 민아 _ 너도 인사해. 여긴 내가 말하던 꼬맹이 _!"

난 무서워 벌벌떨고 _ 녀석은 아무렇지도 않게 싱글벙글 웃으며 말하고 _ 하늘이시여!! 정말 하늘이란 거 있기는 있는 겁니까? 어떻게 이런 일이 있을 수 있어요?!!! 이런 얼굴에 저런 사촌이라니요 ㅠ0ㅠ 말도 아니되옵니다!!

그런데 하나 더 물을게요 -0- 혹시라도 성격은 같을 수 있는 겁니까 -0-?? 혹시나 만약에라도 그런 것이라면 지금 차라리 저를 이 자리에서 죽게 해주세요 흑흑 _!!!

제발 성격은 녀석과 같지 않길 바라며 하느님께 빌고 빌고 또 빌고 _ 그러는 사이 녀석의 사촌 민이란 사람이 내게 인사를 건넸다.

"반갑데이~ 내는 나수 사촌 김민이다 _ 꼬맹이 아가씨야 잘 부탁한데이~"

깍두기 오빠가 웃으니까 식은땀이 나는구나 -0-

"네 _ 저도 잘 부탁할게요 -0-;"

123

그나저나 이 깍두기 오빠들을 갑자기 왜 이렇게 많이 끌고 온 건지!!! 난 잠시 수십 명의 무서운 깍두기 오빠들이 있다는 사실을 망각한 채 녀석에게 말했다.

"저 사람들은 왜 끌고 온 거야!!"

순간 일제히 모여지는 무서븐 오빠들의 시선… 내가 미쳤어 -0- 돌았나 봐 -0-

깍두기 오빠들의 시선이 일제히 나에게 모이자 녀석이 사촌이라던 이름과 얼굴이 매우도 안 어울리던 -_- 민이 오빠 _.

오빠라고 해야하나? -_-;

그래 -0- 민이 오빠가 말하길

"이 새끼들이 정렬 안하고 어딜 쳐다보노!!! 눈 똑바로 안까

나??!!!"

민이 오빠의 말 한마디에 깍두기 오빠들 모두다 한꺼번에 똑바로 줄맞춰 롯데리아 앞으로 나란히 서는구나 -0- 그랬군 -0- 민이 오빠가 대장이었던거구나 _ 무서워 _ 무서워 ㅠ_ㅠ

다시 한번 바짝 긴장한 나 _ 그런 나에게 그 녀석은 날 툭툭치며 말했다.

"꼬맹아 너 그 새끼한테 전화 걸어서 어제 니가 만났던 장소로 나오라 그래."

설마… 그 녀석 혼내주려고 이 깍두기 아짜쉬들 다 데리고 온 것이었냐!! 근데 어제 나한테 그 녀석 폰 번호 알아 갔으면서 직접 불러내지 왜 또 나한테 시키냐!! 하지만 언제나 그 녀석 앞에만 서면 작아지는 나_ 그 녀석 시키는 대로 성일고 변태녀석에게 전화하기 시작했다.

뚜르르르르르르르 뚜르르르르르르 뚜르르르르르르

세 번 정도의 신호음이 울리자 전화를 받는 성일고 녀석 _

"여보세요."

"여보세요~ 정현이폰 맞나요?"

"네 그런데요."

"하하 ^^ 안녕? 나 어제 만났던 그… 애 알지??"

"어?? 어… 웬일이야?"

짜식 -_- 켕기는 게 있으니 놀래긴 _

"웬일이긴~ 우리 다시 만나야 할 일이 있지 않나 싶어서~ 지금 나올 수 있지?"

어제 뒤돌아 열심히 뛰던 나의 모습과 정반대 되는 지금의 자신감 _! 내 뒤에는 이제 녀석도 있고 조폭 오빠들도 있다 이거야 -0-!

"아… 그런가? 나 지금 못 나가는데?"

"그래? 아~ 그러니? 그럼 못 나오는 거 현준이한테 말해도 돼??"

현순이는 내가 말하던 성일고의 아는 녀석이었다 _

"아… 아냐!! 지금 갈게! 어디로 가면 되지?"

현준이 이야기가 나오자마자 금방 꼬랑지 내리고 나온다는 녀석 _ 후훗 _이렇게 효과가 있을 줄이야.

"우리 어제 만났던 그 자리에서 만나자~ 빨랑 나와라~~"

꼬락서니를 보니 분명 이 녀석 오늘 학교에서 현준이한테 맞은 게 분명하군 _ 그러니까 이렇게 효과가 나타나지 후.후훗 _

성일고 변태녀석과의 전화를 끊은 난 그 녀석에게 말했다.

"오빠 지금 온대!"

"그래? 그럼 너 어제 그 새끼 만난 곳이 어디야? 가자 _!"

그리하여 그 녀석과 나 그리고 전혀 안 닮은 사촌 조폭대장 민이 오빠와 그의 부하님들 -_-; 은 롯데리아를 벗어나기 위해 주차장으로 향했다 _

우리가 자리를 옮기려 하자 길을 막고있던 그 수많던 사람들이 우르르 길을 트기 시작했고 그제서야 이 사람들이 여태껏 보고 있었단 사실을 다시 한번 깨닫기 시작했다 ㅠ0ㅠ

이제 이 동네서 돌아다니긴 다 글러먹었구나 _ 흑!!! 상당히 쪽팔린 난 그 녀석의 뒤에서 나의 잘 가려지지 않는 몸을 가린 채 주차장 쪽으로 이동하기 시작했다.

주차장에 있는 수많은 시꺼먼 색들의 차~ 모두다 그 녀석의 사촌 민이 오빠와 부하들의 차인 듯 _ 대체 조폭들을 검은색과 무슨 연관이 있길래 이리도 검은색을 좋아하냐 _ㅠ_ㅠ

어쨌든 차를 타고서 어제의 그 초등학교로 이동한 우리 _ 초등학교 앞에 도착해 안으로 들어가니 운동장에서 조깅하시던 아줌마, 아저씨들, 그리고 축구하던 꼬맹이들은 하나_ 둘씩 사라져가기 시작했다 _

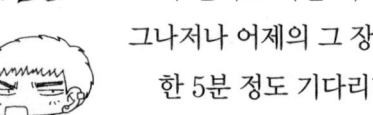

126

나 같아도 나갈 거야 아마~ ㅠ^ㅠ 사람들아 미안해요 _!! 아으~ 그나저나 어제의 그 장소에 다시오니 피가 끓는구나_!!!

한 5분 정도 기다리니 저 멀리서 보이는 성일고 변태녀석의 모습 _ 갑자기 천천히 걸어오던 성일고 녀석은 이쪽을 발견한 건지 흠칫하며 멈춰버리더니 이내 뒤돌아서 어제의 내 모습처럼 열심히 뛰기 시작했다.

하지만…

덩치도 큰 조폭 오빠들 어찌나 재빠른지 뒤돌아서 죽을힘을 다해 뛰던 성일고 녀석이 조금 멀리 떨어져 있었음에도 불구하고 바로 잡아왔다 -0- 깍두기 아자쒸에게 멱살을 잡힌 채 질질 끌려오는 성일고 녀석의 모습이라니… 어제의 그 느끼하던 모습은 온데간데 없고 벌써부터 그 녀석의 눈에는 눈물과 콧물이 찔찔 흐리고 있더

군 _

쯔쯔… 그렇게 깡두 없는 놈이 첨 만난 여자를 어떻게 해 볼 생각을 해?? -_-+ 내가 그렇게 우습게 보였다 이거지 ???!!

민이 오빠의 부하들은 성일고 녀석을 끌고선 그 녀석과 내 앞에 데리고 왔다_

"꼬맹아 이놈이야?"

"어…… -_-;;"

"너는 어떻게 제대로 된 구석이 하나도 없냐 _ 당해도 나같이 잘난 놈한테 당할 뻔하던가… 골라도 어떻게 이런 된장같이 생긴 놈을 골랐냐?"

흑 ㅠ_ㅠ 내가 이런 말 들을 줄 알았어 _ 그나저나 된장같이 생긴 건 또 어떻게 생겨야 하는거야??

"미안해 _ 그래 ㅠ_ㅠ 오빠 잘났어 _ 나도 인정해. 근데 이 녀석 어쩔라고 부르라고 한거야?"

"어쩌긴~ 다신 그런 짓 못하게 죽여놔야지 ^____^ 안 그래?"

갑자기 매우나 살벌한 웃음을 띄우는 녀석 _ 역시 이 녀석은 절대 원수지면 안될 무서운 녀석이었다 ㅠ_ㅠ!!! 조심해야 해 _ 조심_! 은서야!! 앞으로 절대 녀석에게 기어오르지 말자꾸나_!!

성일고 녀석에게 다가가는 그 녀석_

"야야 _ 고개 똑바로 들어봐. 너 무슨 생각으로 애한테 그런 거냐?"

"……"

말없는 성일고 녀석 _ 참으로 추하구나 – _

"어쭈? 말 안 한다 이거지?? 야 _! 민아 시작해 _!!"

지가 대장이야?? 왜 명령이래?? 하지만 나수녀석의 말이 떨어지자마자 녀석의 사촌 민이 오빠는 부하들에게 눈짓을 했고 이윽고 난 티비에서만 보던 깍두기 오빠들이 사람을 협박하며 패던 장면을 눈앞에서 목격할 수가 있었다 _!!!

남자애들 싸우는 것도 보다보면 정말 살이 떨릴 정도로 이건 정말 장난이 아니구나 _ 정말이지 사람을 죽일 정도로 무섭게 들려오는 소리 _ 그걸 보고 있는 내겐 고통이었다.

그런걸 안 건지 뭔지는 몰라도 자신의 큰 손으로 내 눈을 가려버리는 녀석 _ 하지만 내 귀는 멀쩡해 _!!!

이제 보이지는 않지만 _ 들려오는 걸로 알 수 있었다. 잘못했다고 빌고 있는 성일고 녀석의 모습은 정말이지 추해서 구역질이 나올 것만 같구나 _

한참을 때리던 깍두기 오빠들 _ 갑자기 소리가 뚝 _! 하고 멈춰버렸다. 내 눈 위에 가려져 있던 녀석의 손이 치워지고 _ 녀석은 다시 한번 성일고 녀석에게 다가가선 물었다.

"다시 말해봐 _ 뭐 때문에 애한테 그런거야?^~"

이번엔 웃음까지 띄우며 말하는 녀석 _ 하지만 여전히 성일고 녀석은 말이 없었다 _

그러다 다시 시작하려는 녀석 _!!! 그러니 그제서야 성일고 녀석을 울먹거리며

"어리버리하게 보이길래 한번 먹어 볼려고 그랬어요 _!! 흑 _ !!"

머… 라고 ???!!! 어리버리하게 보여서 한번 먹어 볼려고 그랬다고 -0-????

"그럼 잘 못 한거네?? 우리 꼬맹이가 좀 어리버리하긴 해도 너한테 먹힐 정도는 아니거든 ?? 잘못했음 댓가를 치러야지??"

"죄송합니다!! 죄송합니다!!"

녀석의 발을 붙잡고 정말 추악스럽게 빌고 있는 성일고 녀석 _ 으아아아아악_!!

그래도 예상은 했었지만 다시 내 귀로 들으니 더욱더 화가나 미칠 것 같구나_!! 한순간 조금 불쌍하다고 생각했던 건 다 사라지고 _ 머리끝까지 팽팽 돌아버린 난 그대로 성일고 녀석에게 돌진했다 _!!

129

그리고……

"으아아아악_!!!"

힘차게 녀석의 중요한 부분을 발로 걷어 차버렸다 _!!

흥 _!! 복수를 할려면 이 정도는 해야지_ 다시는 그 짓거리 못하게 정말 잘라버리고 싶지만 그래도 내가 참는다 참아!!

"이자식아 -0-! 너 인생 그렇게 살지마 알았어 _ -0-?!"

"우우우욱…"

매우나 고통스러운 듯 신음소리만 내는 성일고 녀석 _ 아무래도 조폭 오빠들에게 맞은 것 보다 내게 당한 데미지가 더욱 큰 듯했다 _ 하지만 난 하나도 미안하지 않아 _ 흥!!

그런 날 바라보며 그 녀석은 내게 말했다.

"어젠 좋나 가녀린 척이었구만?"

"ㅡ_ㅡ;;"

날 바라보며 마치 속았다는 듯 말하던 녀석은 이젠 됐다 싶었는지 성일고 녀석에게

"꺼져! 두 번 다시 나타나지 마라 _ 한번만 내 눈에 보이면 두 다리로 못 걸어 다닐꺼다 _"

란 말을 남겼고 그 말이 떨어지자마자 성일고 녀석은 연신 고개를 꾸벅거리며 얻어터진 몸을 질질 이끌며 초등학교 운동장을 나갔다 _

정말정말 추한 모습의 성일고 녀석 _ 이 세상의 변태들이여 각성해라!! 그리고 내 눈에 한번만 띄기만 해라 _!!

그 날로 바로 녀석의 사촌님과 함께 뜰꺼니까 ㅡ0ㅡ!! (기가 살았음 ㅡ_ㅡ)

130

오늘만큼은 정말 너무너무 고맙고 멋져 보이는 녀석 _♡

조폭인 사촌까지 불러가며 변태를 혼내줄 생각을 했단 게 고맙기도 했지만 무엇보다도 자신의 일 아니고서야 별 신경도 안 쓰고 귀찮은 일이라면 딱 질색인 녀석이 내 일에 이렇게나 신경 써줬다는 사실에 가슴이 뭉클했다 _ 그리고 언뜻 이런 생각이 들었다.

혹시나 이 녀석 날 좋아하는 게 아닐까……ㅡ_ㅡ;;

미안하다. 돌만 던지지 말아다오 ㅠ0ㅠ 하지만 _ 정말 그런 생각했단 말야 ㅡ0ㅡ!!

가능성 있잖아 _! 안 그래 ㅡ0ㅡ?? (아님 말고 _)

왠지 이런 생각이 든다 _ 이 녀석이라면 사랑이란 걸 해봐도 참 괜찮을 것 같은 생각… 동시에 혹시 사귀다 바람이라도 피면 나도 사촌님께 성일고 녀석처럼 맞아야하나… 하는 생각과 함께…

9 내가 그 녀석 좋아하나 봐…

조폭 사촌님과의 만남이 끝나고 성일고 녀석은 가끔 길에서 날 만나면 죽어라 도망을 쳤다.

흐흐흣 _ 꽤 기분 좋더군. 나는 다시 한번 녀석에게 개겼던 사실들을 후회하며 여전히 비굴한 생활들을 계속하였다. 그리고는 다시 찾아온 방학 _

겨울방학_

여름방학이 그러했듯 그 녀석과 나는 이번에도 역시 집에 틀어박혀선 컴퓨터와 함께 오마이러브~를 외치며 시간을 보냈다. 더 이상 오마이러브에서 그 녀석과 나를 모르는 사람은 없었다. 사실 이런 거 자랑할 만큼 별로 좋은 일은 아니다 - _ -;

그러던 어느 날 사건은 터져 버렸다 _ 한참 그 녀석과 난 오마이러브의 미남미녀남매로 이름을 날리고 있을 무렵_

미안하다. 내가 소설 안 본단 소리만 하지 말랬잖아!!!

그 녀석은 미남 난 추녀라 하자.

어찌하였든 그 소문을 듣고 작업 들어오는 인간 -_- 한둘이 아니었다.

물론 난 그 성일고 변태녀석의 사건 이후로는 남자라면 치가 떨렸고 행여라도 뭔 일이 터져 사촌님과 그의 똘마니들을 다시 만나게 될까봐 두려웠기에 내게 작업을 넣어주는 고마운 사람들을 꼴에 물리쳤다 흑 _

그리고 여전히 많은 여자들에게 작업이 들어오는 녀석 _ 하지만 역시 녀석도 여지껏 그래왔듯 진지하게 사귀는 모습이라곤 찾아볼 수가 없었다. 가끔 _ 심심하다며 화상애인이라는 것을 만들고 그리고 매일 바꾸며 -_-; 그렇게 살아가긴 하더라 _

132

그러던 어느 날 _!

그 날도 역시 녀석은 방을 만들어놓고 음악을 틀고선 혼자 할 일을 하고 있었고 나 역시 그 방에서 죽치며 이것저것 쓸데없는 것들을 하고 있었다.

그런 와중 그 녀석이 잘생겼단 소문을 들은 건지 뭔지는 모르겠지만 _ 웬 여자 한 명이 들어왔다_ 여태껏 보아오던 여자들처럼 썩 ~ 이쁘지도 않고 그렇다고 못 생긴 것도 아닌 여자 _ 그냥 귀엽다고나 할까_?

하지만 역시나 화장떡칠 여자들과는 다를 게 없는 양아치스타일 _ 웬지 모르게 귀여운 얼굴에 드러워 보이는 성격 -_-; 다른 여자들이 항상 그래왔듯 그 여자도 들어오자마자 녀석에게 작업을 시작하였고 녀석은 언제나 그래왔던 것처럼 생각 없이 그것을 받아들이고 있었다.

 난 언제나 보아오던 일이었기에 별 신경을 쓰지 않았고 난 나름 대로 당시 홈페이지를 만드는 게 엄청난 유행이었기에 거기에 빠져 녀석보다도 더욱 깊은 폐인생활을 하고 있었다.

 그렇게 서로 각자의 생활을 며칠정도 보내던 어느 날 _ 녀석에게 걸려온 전화 _ (그동안은 컴퓨터만 켜면 만났기에 따로 연락을 하지 않았었 음)

 "여보세요~"

 "꼬맹아"

 "웬일이야? 요새 한동안 컴퓨터에도 안보이더니?"

 "오빠가 연애 사업한다고 좀 바빴지 훗 _ 기다렸구만? 오빠 애인

133

생겼다."

 머… 머라구?? 애인이 생겼다고???

 "애인은 항상 많지 않았어? ㅋㅋ 갑자기 무슨 축하야~ 오호~ 그 동안 여자들 만난다고 폐인탈출 좀 하셨나보지?"

 난 당연히 또 화상채팅에서 만난 그저 사이버애인일 꺼라고 생각 했고 한 일주일이나 갈까_ 란 생각과 함께 녀석을 비꼬며 말을 했는 데 _

 "너 지금 내가 사이버애인 가지고 장난치는 건 줄 알고있지? 아 니거든? 하하 _ 오빠 이제 좀 바뻐질꺼 같구나. 오빠 없다고 서러워 하지말고 그동안 잘 지내고 있으렴. 자랑하려고 전화했었다. 안녕 _!!

"오…ㄴ"

탁 _!!

이런 _!!! 여전히 먼저 끊는 버릇 못 고쳤구만? 대체 이런 놈을 왜 여자들은 좋다고 바글바글 달라붙는 건지_ 하긴 _ 가만히 생각해보면 녀석에겐 천하무적의 무기가 있지 _!

그 이름도 유명하여 이.중.인.격

하루가 지나고… 이틀이 지나고… 시간은 흘러흘러 결국은 방학이 끝날 때가 다 되었다 −_−;; 녀석을 알게되고서 이렇게 장시간동안 만나지 않았던 건 처음인 듯했다 _ 그리고 밖을 나가본지도 언젠지 기억조차 나질 않고 _ 햇빛이 과연 어떻게 생겼었던가 ..−.−

134

그 날의 전화통화 이후로 정말로 녀석은 한동안 연락이 없었고 별로 궁금하지도 않았어 −_−;

그러던 중 개학을 이틀 앞은 날 녀석에게 전화가 왔다.

"여보세요."

"나다."

"오~ 오랜만이네?"

"안 보고 싶었냐?"

아직도 왕자병은 못 고쳤군 _ 내가 너 보고 싶을 일이 뭐가 있겠니? 너 안보면 그저 속이 편해 밥이 제대로 넘어가는데 _

라고 말하고 싶었다만 알지?

나 항상 속으로만 생각하는 거 _!

"^^;; 보고 싶어찌."

언제나 마음과는 다르게 몸이 반응을 해서 큰일이다 -_- 흐흑…
망할 나의 비굴함

"후훗 _ 역시 _ ^_____^ 그럴 줄 알고 전화했지. 만나자 _! 애
인 보여줄게. 내일 2시까지 우리 항상 만나던 까페로 나와!"

딸각_

도대체가 오랜만에 연락을 해도 변하는 게 없냐 _!! 그나저나
머?? 애인을 보여준다고?

설마… 여지껏 그 여자 만난건가? 설마… 에이… 설마… -_-;
벌써 그게 언제 적 이야기인데~ 2주 정도가 넘어가는 거 같은데 이
띱때가 미치지 않고서야 -.-

정말 말도 안 되는 일이란 생각을 하며 잠이 들었다. 그리고 어김
없이 밝아온 다음 날 _ 오랜만에 녀석을 만나기에 신경을 좀 썼다 _

후훗 _ 사실은 한 달만에 시내 나가느라고 더욱더 신경썼지 _! 언
제나 그랬듯 늦으면 난리를 부릴 녀석의 얼굴이 떠올랐고 서둘러
그 녀석과 자주 가던 까페로 향했다.

"여기~"

내가 까페로 들어가자마자 창가에 홀로 앉아 나에게 손을 흔드는
녀석 _ 그럼 그렇지~!!…

"언제 왔어?"

"방금 ^^"

"오랜만이다?"

"앙 ^^"

135

근데 이게 왜 자꾸 무섭게 웃고 난리야 -_-;;

"웃지마 느끼해_!"

"어쭈? 그새 또 기어오르지?"

"아니지 -0-"

씹알 도대체 난 언제쯤 그 녀석 앞에서 당당히 내 생각들을 말할
수 있을까…

"그나저나 애인 보여준다며? ㅋㅋ 참~ 장난두 가지가지 한다.
이젠 할 일이 없어서 애인 보여준다는 장난도 치냐?"

"장난?? 웬 장난?? 진짜야~~~~~너 설마 아직도 못 믿냐?? 진
짜라니까??"

진짜인건가?? 정말일까? 란 생각에 한참 사로잡혀 있을 때쯤_

"꼬맹아, 인사해라 오빠 애인이야_"

"으응?? 네.,. 안녕하세요 ^^……"

내가 왜 인사했지?? 얼떨결에 인사를 하고 고개를 들은 나_

아악!!

지금 내 눈앞에 녀석이 애인이라고 소개하고 있던 그 여자는 전
에 작업 들어왔던 별로 이쁘지도 않고 못 생기도 않았던 그 여자_!!!
드디어 저 녀석이 미쳤나봐 -0- 어떻게 어떻게 -0- 병원 데리고
가야하는 거 아냐??

미치지 않고서야 어떻게 그 이쁜 지지배들 다 물리치고 별로 이
쁘지도 않고 그닥 착해 보이지도 않는 이런 여자를 사귄단 말이야
_!!! 그것도 매일 장난처럼 하던 사이버애인도 아닌 진짜루 _!! 참으

136

로 해가 서쪽에서 뜰 일이 아닐 수가 없다!!

못 믿겠다는 듯 그 녀석에게 다시 한번 묻는 나 _

"진짜 애인이야 -0-?? 응 ??"

"진짜라니까_!!!"

ㅠ0ㅠ 망할 젠장

다시 확인해도 여전히 내 귀에 꽂히는 같은 말 _

말도 안 돼. 이건 정말 말도 안 돼 ㅠ▽ㅠ 조폭 사촌넘과의 사건 이후로 왜 이렇게 충격 받을 일만 골라서 하는 건데 _!! 난 인정할 수 없다는 듯 그 녀석의 애인이란 여자를 쳐다봤다.

자랑스러운 듯 나를 향해 방실방실 웃고 있는 그녀 _

웃지마 -0-! 넌 우리 오빠의 상대에 못 미친단말야 _!!! 아아 _ 그 여자의 모습을 보고있자니 예전 그 SES가 "LOVE"를 부를 때 바다의 샛노랑 머리에 전형적인 미인 얼굴형 갸름도 아닌 똥그란 얼굴 ┳^┬ 화장은 왜 그렇게 진한 것이며 목소리는 개 풀 뜯어먹는 애기 소리인 건지_!! 자기가 무슨 애야?? 콧소리 정말 싫구나 -0-!! 게다가 그런 그 여자를 바라보는 녀석의 눈빛은 또 머인데??

녀석의 웃는 얼굴 _

ㅠ^ㅠ 말도 안 돼. 난 지금 헛것을 보고있는 것 일거야. 한 달만의 외출의 휴유증일거야. 이건 정말 말도 안 돼!!

내가 말도 안 돼를 외쳐대고 있을 때 그녀석이… 그녀를 보고 웃는다… 절대 틀림없이 웃고있는 얼굴 _

확실하게 웃.고. 있. 었. 다.

137

화상하는 년들은 한번 잘해주면 지네를 좋아하는 줄 안다면서 정말 내가봐도 싸가지도 드럽게 없게 굴며 지랄을 했던 녀석_ 그렇게 수많은 여자를 갈아치우며 바람둥이 생활을 하면서도 차갑기는 드럽게 차갑고 그녀들 앞에서 한 번도 웃지 않았던 그.녀.석.

지금 그런 그 녀석이 내 앞에서 이런 여자와 함께 방실방실 웃어대고 있다. 내가 믿을 수 있겠냐고요!!ㅜ0ㅜ

더 이상 내가 알던 모습이 아닌 녀석을 보고 있을 수가 없는 나_

"오빠 나 지금 일이 생겨서 가봐야겠다. 나 먼저 갈게."

"어?? 정말 가야되냐? 아쉽네~ 내가 나중에 전화할게."

이젠 잡지도 않는다 이거지??!! 그래 세상은 이런 것이었어.

난 녀석을 죽어라 씹으며 녀석이 애인이라 소개하던 별로 이쁘지 않은 그녀에게 -_- 인사를 하고 돌아섰다.

녀석과 헤어진 후 집으로 돌아온 나_ 매우_심란하다.

정말 그 녀석은 눈이 미친걸까? 아무리 머리를 굴려 이해하려 노력해 봐도 절대 이해가 가지 않는구나.

자꾸만… 자꾸만 그녀를 향해 웃는 그 녀석의 얼굴이 떠오른다.

미치겠네!!

그 후로 다시 그 녀석은 한 일주일 정도 연락이 없었다. 그동안… 그념과 있었던 추억들이 자꾸만 떠오르는 나_ 그리고 그 여자와 함께 다른 추억을 만들 모습이 떠오르고… 여행가서 물도 제대로 못 먹었던 일_ 여관 가서 벗으란 말에 오해해서 혼자 생쇼를 했던 일_ 수업시간에 잠도 못 자게 문자 보내던 일_ 괜히 개기다가 변태 녀

석한테 당할 뻔 했던 일 _ 그리고 그 변태 녀석 때문에 열 받아 하며
처음으로 나한테 미안하다고 사과하던 그 녀석의 얼굴 _ 조폭 사촌
님까지 대동해서 변태녀석 혼내 줬던 일 _ 영화관가서 미아소동을
일으켰던 일 _ 커플 핸드폰 줄을 서로의 핸드폰에 끼우고선 두 개를
맞닿으며 즐겁게 갤러뷰~를 외쳤던 녀석 _

자꾸만 생각하지 않으려고 해도 매일매일을 "꼬맹아꼬맹아" 하
며 귀찮게 전화해대고 문자는 쉴새없이 보내던 그 녀석의 얼굴이
떠올랐다. 그리고 이젠 내가 아닌 그 여자에게 그러고 있을 녀석의
모습도 _

이게 아닌데 _!! 난 누구보다도 녀석이 애인이 생기길 바래왔는
데 _!!!

그런데…… 나한테만 웃어주던 그 녀석이 이제 딴 여자에게 그렇
게 웃어주고 있다니 _

그 생각만 하면 정말 미쳐버릴 것만 같애…… ㅠ0ㅠ 엉엉

…… 웬지… 모를 허전함… 제정신으로 있다간 아무래도 복잡한
생각에 미쳐버릴 것만 같은 내 마음…

그대로 니코틴년에게 전화를 걸었다.

뚜르르르르 뚜르르르르르 뚜르르르르르 뚜르르르르르

제길 _!!

니코틴년 꼭 이렇게 중요한 순간에 전화를 안 받는다. 그렇다고
포기할 내가 아니다. 받을 때까지 걸어주마 _!!

니가 이기나 내가 이기나 해보자 〈=쓸데없는데 고집이 늘었음

뚜르르르르르르 뚜르르르르르르 뚜르르르르르르 뚜르르르르르
르x20

그냥 많이 울렸다고 생각해주길 바란다 -_-;

수십 번의 전화벨이 울리고 드디어 니코틴년이 전화를 받았다!!!!

"여…… 보… 세요."

"주희야…ㅠㅠ"

"머야…"

"술 먹자. 나와."

"은서냐?"

"응 ㅜ0ㅜ"

"이년아 전화를 하면 제발 너라고 밝혀!!"

"안 밝혀도 알자나 --;;"

"쓰댕 _ 먼넘의 술이야!! 잠이나 자!! 잠이나!! 나 방금 일어났단
말이다!!"

"싫어_ 안돼안돼 나 지금 디게디게 심란해. 빨랑 나와 흐흑… 울
집 앞에 새로 생긴 화이트 알지? 그리루 지금 당장 와 ~ 그래~ 알
았다고? 안녕~"

"야!! 지금… 나…"

탁 _!!

뭐야 _이거 지금? 나 지금 혹시 녀석에게 이런 거 배워버린거
야?? 흐엉엉 _ 머냐고!! 지금은 제발 녀석이 안 떠올랐음 좋겠다고!!

대충 옷을 갈아 입구 집 앞 새로 생긴 호프집 앞으로 나간 나 _

방금 자다 일났다는 니코틴년은 바로 나온 건지 먼저 도착해 있었다.

눈이 팅팅 부은 채 자기가 좋아하는 던힐 두 갑을 양손에 쥔 채 나를 반기는 니코틴년 _

호프집 안으로 들어가서 구석에 자리를 잡은 우리 _ 대충 소주 2병과 안주를 시킨 우리 _

주문을 하고 나니 먼저 입을 여는 니코틴년

"무슨 일인데 심란해?"

"……"

"이년아!! 사람을 불렀음 말을 해!! 말을!!"

기차화통이라도 삶아먹은 건지 소리를 버럭버럭 지르는 니코틴년을 잠시 제쳐두고서 소주를 부어 내 입에 홀짝 털어 넣었다.

씨봉 졸라 쓥구나 _ 오늘따라 술이 왜 일케 쓴 건지_

"…… 그게… 글쎄 일주일 전에 그 녀석이 전화가 와뜨라구… 애인 보여준다며 만나자네? 매일 쫓아다니던 여자들은 많았어도 이렇다하게 제대로 사귀던 애 없던 놈인데 애인이 어뎠냐? 설마~ 하는 마음에 나갔지. 근데… 정말 있더라? 우스운건… 그 녀석이… 그… 여자들에겐 차갑던 녀석이… 웃고 있었어… 웃드라…"

난 그제서야 입을 떼며 니코틴년에게 말을 하기 시작했다.

니코틴년은 오늘에 와서야 친구노릇 할려고 그러는지 내 이야기를 말없이 조용히 들어주고 있었다.

"우… 습지? 나도 우껴 하하… 근데… 더 웃긴 거 가르쳐주까?

이상하게… 자꾸만 그 녀석이 떠올라… 매일 오던 "꼬맹아 꼬맹아" 그런 전화에… 문자에… 그리고 날 향해 웃던 그 모습… 이제는… 날 위한 게 아니란 게… 이상하게… 여기가… 여기가… 너무 아파… 첨엔… 첨엔 정말 허전함이라고 생각했어. 그저 1년여 동안 날 챙겨주던 녀석이 갑자기 그래서… 그래서 허전한 거라고 생각했는데… 아냐… 그게 아냐… 시간이 흐를수록 그 녀석 모습만 선명해져… 혼자서 아니라고… 아니라고 난 그 녀석 좋아하는 거 아니라고 부정도 해봤는데… 쓰댕 주희야… 나 아무래도 그 새끼 좋아하나 봐 <u>흐으으윽.</u>

으앙∼∼∼∼∼∼∼∼∼∼∼∼∼∼∼"

그때부터 줄줄줄 흐르는 눈물_

혼자 쓰디쓴 소주 2병 거의 다 마셔대며 정말 많이 운 듯하다. 니코틴년은 그런 날 보며_ 아무 말도 하지 않았다. 그저 내가 한참 울다 지쳐 잠들려고 할때 쯤… 낮게… 속삭인 것 같았다.

"병신같은년… 좋아하면… 잡아야 하는거야… 무슨 수를 써서든…"

10 작전명 "녀석을 사수하라!!"

그렇게 잠든 후… 기억이 없었다. 내가 깨어났을 때 엄마가 말해

줬다. 니코틴년이 조그마한 등치로 날 낑낑대며 끌고 왔다는 걸 _

그 모습 상상하자니 피식피식 웃음이 나오는구나 _

상상해봐라. 158의 니코틴년이 167의 날 끌고 오는 모습이라…
^_^ 참 가관이었겠다 _

혼자 침대에 누워 생각했다… 그래… 난 어제 내가 그 녀석을 좋
아한다는 사실을 인정했다 ㅜ^ㅜ

이렇게 되어버린 이상 그 녀식을 내껄로 만드는 게 최우선인 게
되어 버린거고… 그럴러면 그 여자와 당장 헤어지게 만드는 게 급
선무 _!!

하지만 전혀 방법은 보이지 않고 _ 혼자서 2월의 짧은 방학(?) 내
내 머리를 굴렸다.

143

그런 와중 떡국을 먹고 나는 한 살 더 먹어 낭랑 18세가 되었고
그 녀석도 벌써 21살!!!!! 군대를 가야할 나이가 온 것이었다.

더욱더 조급해질 수밖에 없는 나 _ 아무리 생각해도 도저히 방법
이 없자 난 니코틴년에게 의뢰를 했다 -0- 물론 별 기대는 하지 않
았지만 의외로 니코틴년은 아주 좋~은 방법을 내어놓았다.

열심히 니코틴년과 계획을 짰다.

그리고 _ 그날 밤 _

PM. 9시 _

어김없이 난 오마이러브~에 접속을 시작했다. 그리고 보이는 그
녀석 _!

앗싸~ >.<

당장 니코틴녀에게 전화를 걸고 _

"빨랑 들어와 그 녀석 있어!!"

니코틴녀 역시 나의 전화를 받자마자 서둘러 접속을 했고 _ 난 그 녀석이 날 알아보지 못하게 하기 위해 아이디를 바꾸기 시작했다.

아이디를 바꾼 난 당당하게 그 녀석 방으로 입장~~~~~ 정말 이상한 아이디로 있어서 그런건지 녀석은 내게 신경도 쓰지 않고 있었고 _

그런 와중

〈단골 친구님 입장하셨습니다〉

ㅋㅋ 니코틴녀이 왔다 _

들어오자마자 방정스럽게도 인사하는 니코틴녀 _

『할룽베베~★ 안녕하세요 ^0^ (--)(_)(--)(_)』

니코틴녀의 요란스러운 등장에 그 녀석이 말했다.

『꼬맹이뉘?』

헉!!!! 내가 언제 저렇게 요란스럽게 인사했었니!!! ┳˘┳

『^^ 하하 나수 오빠시네요. 저 은서아니구 주훤데요?』

『아,, 주희구나 ^^ 너 근데 웬일이야? 원래 이거 안 하자나』

『아니 글쎄~ 이지지배가 들어오라고 해서 들어왔는데 없네요 ^^』

정말 내 친구지만 연기실력 죽이고 _ 녀석의 이중인격 또한 멋지구나 _!! 나와 대화할 때와 차이를 좀 봐 _!!!

『아~ 그렇구나 ^^ 나두 요새 꼬맹이 못 봤는데… 어딜 그렇게 싸
돌아 다니는건지…』

내가 싸돌아다니기는 _!! 니넘의 자슥 때문에 잠도 제대로 못 자
구 있는데!!!

그때!!

니코틴년 나에게 쪽지가 왔다.

〈지금 보고 있는 거 맞지? 살 봐~ ㅋㅋ 언니의 솜씨를〉

『오빠~ 근데 ^^ 제가 이렇게 들른 김에 할 말이 있는데…』

『누구?? 나??』

『네 ^^ 좀… 심각한 이야기인데… 사람들 좀…』

『어?? 어… 그래…』

그때부터 그 녀석의 장기인 강퇴가 시작되었다 -0-

난 아무 말도 없어서 그런지 잠수인가 보다 생각했는지 다행히
강퇴는 안 시키더라.

흑 _

모든 사람들이 자리를 비우자 이야기를 시작하는 니코틴년 _ 매
우 심각하게 이야기를 꺼내는 니코틴년 _

『오빠… 사실은…저 거짓말했어요. 은서가 부른 게… 아니구요.
여기 들어오면 오빠 만날 수 있을 것 같아서… 그래서 들어왔어요.
할 이야기가 있어서요.』

『…… 그래?… 혹시… 꼬맹이한테 무슨 일 있니?』

『저… 그… 게… 요즘 은서가 이상해요… 학교 마치면 그새 애가

어딜 가버리는지 사라져버리고… 그래서 집에 전화해보면 항상 12시가 넘어서 들어와요. 폰도 잘 안 받구요… 그리고 얘가 웃질 않아요… 아니 웃고는 있는데… 눈이 웃질 않아요. 그 바보가치 실실 잘 웃는 애가… 아시잖아요 걔가 얼마나 어리버리한지…』

머?? 바보가치 실실? -_-++ 어리버리??

연기라지만 너무 하는 거 아니야?? 근데 주희야… 너 정말 연기 너무너무 잘한다…ㅠ^ㅠ

그냥 그쪽 길로 나가!!!!

『……정말… 무슨 일 있나보구나…』

아으~ 저 녀석의 이중인격 O┳^┳O 정말 치가 떨린다.

내가 "오빠 나 힘들어" 이럴 땐 "개불쥐뿔도 엄는기 힘든 게 어디써? 잠이나 쳐자!"

이렇게 말했던 녀석이 _┳O┳ 젠장

『그래서요… 그래서… 오빠한테 부탁하나 하려구요… 은서가… 오빠 잘 따르잖아요^^ 그러니까… 오빠 애인 생기셔서 바쁘신 건 아는데… 은서 한번 만나셔서 무슨 일이냐구… 좀 물어봐 주시면 안될까요? 위로도 좀 해주시구…』

『그래…… 휴~ -3 내가 그동안 은서한테 신경을 못 썼구나… 내 친동생이나 마찬가진데…』

뭐?? 친동생?? 친동생 친동생 윽윽!! 친동생……┳^┳ 제길!!

『어쨌든 고맙다 ^^ 그건 오빠가 어떻게 해 볼게… 우리 꼬맹이는 참… 좋겠다. 이렇게 챙겨주는 친구도 있고…』

야야!! 이거 다 연기야!!! 그래도 네 녀석이 걱정해 주는 척이라두 하니까 뭉클해지잖아!! 흑 _

과연 그 녀석은 이제부터 어떻게 나올 것인가…+_+ 이제 그 녀석의 반응을 봐야지 히힛~! 오늘 들어가면 아무래도 들통난다 싶어서 오늘은 이만 화상채팅의 접속을 종료했다.

다음 날 _

나는 그 녀석의 반응을 살피기 위해 오마이러브에 접속을 했고 언제나 죽치고 있는 녀석답게 오늘도 역시 방을 만들어 놓고있는 녀석이었다. 아무렇지도 않게 오랜만인 듯 그 녀석의 방으로 들어갔다.

『오빠~~~~~~*^^* 안녕 올만이야 〉.〈』

『미친년 같애. 꽃 떼!』

젠장 _ 왜 변한 게 없지??

『-_-;; 미안』

『야이 기지배야 학교 마치면 집으로 들어가야지 니가 머가 할 게 있다고 밖으로 싸돌아다녀? 니가 돌아다니면 누가 헌팅이라도 해준다냐?』

오옷~~~~~ 이제 반응이 나오는데?

근데 _ 같은 말이라도 좀 이쁘고 착하게 하면 어디가 덧나냐!!

젠장 _ 내가 아무리 좋아한다지만 니녀석의 말하는 꼴을 보면 정말 콱 똥구멍을 쑤셔버리고 싶어 _!!

『내 맘이다 모! 쳇 _! 오빠 그 애인이나 잘 챙기시지? 흥』

『이게 진짜!! 너 낼 당장 학교 마치자 마자 롯데리아로 와_ 알았어??!!』

앗싸~~~~~~~!

성공 ~!! 얼마만에 보는 그 녀석 얼굴이던가!

그럼 드디어 니코틴년의 1단계작전이 먹힌건가??

시간은 흐르고 _ 어느새 녀석을 만날 시간 _ 학교 종이 치자마자 롯데리아로 뛰어갔다_

역시나 _!! 오옷!!!!!! 멋져!!

오랜만에 봐서 그런지 오늘따라 유난히도 반딱거리는 녀석 _

"오빠~~~~~~앙 나 왔어~~ *)_<*"

"내가 너 꽃 안 어울린다고 띄우지 말랬지?"

쳇_ 치사해서 뗀다 떼!!

혼자 뾰루퉁해져 있는데 녀석은 그런 날 잡아끌며

"일단 어디로든지 가자."

그렇게… 난 그 녀석에게 끌려 처음 만났을 때 함께 갔던 그 바닷가로 향했다. 바닷가로 향하는 차 안에서 우리는 내내 말이 없었다.

그냥 왠지 어색함…

그러던 중… 어디서 그런 용기가 나왔는 진 모르겠지만 녀석에게 난 물었다.

"오빠 그 언니 사랑해?"

"……"

"응?? 말해봐~~~~~"

"……"

대답 없는 녀석 _

제길 _ 왜 대답을 안 하는건데 _!! 그럼 내가 기대하게 되잖아!!

내가 녀석에게 그 여자에 관한 질문을 할 때마다 녀석은 대답이 없었고 어느덧 우리는 바닷가에 도착해 있었다.

"내리자."

"으응…"

오늘도 역시 석양빛에 이쁘게 물든 바닷가 _ 아름다운 모습을 보고 있는데 내 가슴이 왜 이렇게 찢어지는지 _

한참동안이나 그 모습을 함께 바라보던 녀석이 입을 열었다.

"너 요즘 무슨 일 있냐?"

"아니…"

그래 있다 있어!! 너 때문에 힘들어!! 그런데 너 때문에 힘들단 말을 내가 어떻게 해!!

"오빠가… 애인 생겼다는 핑계로 우리 동생 신경 많이 못 써줘서 미안해. 앞으로 오빠가 잘 할게…^^"

우우욱 *ㅠ* 적응 안 된다.

그리고… 우리동생… 우리동생 ┰0┰

결국 난 니녀석한테 동생밖에 안 되는거였냐? 그래도!! 포기할 내가 아냐!!

난 녀석에게 차 안에서 물었던 걸 다시 한번 더 물었다.

"오빠… 그 언니 사랑해?"

사실 그 녀석이 정말 좋아하다면… 어떤 건 줄 알 수 있었다…

원래 여자를 별로 안 좋아하던 녀석이니까… 그래서 정말 좋아한다면 정말 가망이 없는 거니까… 그러니까 내가 포기할 생각이었는데…

"아니… 몰라… 나도 잘 모르겠어…"

?.?

뭔소리야 이게 ??? 그럼 혹시 내게 아직 승산이 있다는건가?? 역시 하늘이 날 버리지 않는구나 ㅜ0ㅜ

그 날 그렇게 우린 계속해서 해지는 바닷가를 바라보았고 어둠이 짙게 깔리고서야 집으로 돌아왔다.

언제나 나와 함께 하는 오마이러브~ 집에 도착하자마자 니코틴년에게 보고를 하구선 오마이러브에 접속하기 시작했다.

일부러 방제는 녀석의 아뒤를 적고 _

그녀를 기다리는 중

누구??

녀석의 애인 _!!

분명 내가 이렇게 만들어놓으면 혹시나 싶어서라도 들어올 것 같았다.

역시나 내 예상은 빗나가지 않고 방을 만든 지 5분이 채 지나지 않아 그 여자가 들어왔다.

『안녕하세요^^』

『네… 안녕하세요 ^^』

그 여자 나에게 웃으며 인사를 하고 나 역시 웃으며 답했지만…
썩 유쾌하지만은 않은 일 _

『근데… 혹시 꼬맹이?』

저 여자 꼬맹이란 별명은 또 어떻게 안 거야!!

『- _-;; 그런데요…?』

『저 나수 애인 시아예요. 전에 한 번 봤죠?』

근데 머래는거야? 나수? 나이도 그 녀석보다 두 살이나 작은 게
어디서 말끝마다 나수야? 난 아직 한번도 그렇게 불러보지도 못했
는데…!!!

하지만 그런 내 마음은 숨긴 채

『네… 그때 봤었죠. 먼저 가서 죄송했어요』

『아니에요 ^^ 은서씨 이야기 나수한테 많이 들었어요. 은서씨는
참 좋겠어요. 나수가 그렇게나 챙겨주구 어떨 땐 애인인 제가 더 부
러워요. 나수가 은서씨 걱정 참… 많이 하는데…참!! 그리구 나보다
한 살 어리죠? 우리 그냥 말 놓을래요? ^^』

그 녀석 애인… 의외로 참 좋은 사람인 듯 하다. 비록 겉모습은
아니었다만 _ 그래도 착한 사람인가 봐 ㅠㅠ

나 어떡해 ~!!! 이렇게 되면 내가 너무 나쁜 애 되는 거잖아…

그러다…

어느덧 그 여자와 나도 언니동생 하는 사이가 되어버렸고 난 시
아 언니를 만날 때마다 우리 오빠 행여라도 버리지 말고 끝까지 데
리고 있어 달라고 마음에도 없는 소리를 하였다.

그리고 난 그동안 내가 좋아하는 "그녀의 연인에게" 를 얼마나 불러댔는지 모른다 ㅠ^ㅠ

그 녀석이 나와 만나서 처음 불렀었던 노래 흐흑… 어찌 이리도 가사가 지금의 내 모습과 꼬옥 들어맞는건지…

알고있나요 지금 그대 가진 행복

내겐 아픈 이별이란 걸

그녀가 나를 떠나가기 전에 나도 그대처럼

행복할 수 있었죠

설레임이 가득한 그대 하루만큼

나의 하룬 길고 외로워

그녀부분에 그 녀석을 넣으면 딱 날 위한 노래 _

시간이 지날수록 시아 언니가 그 녀석을 많이 좋아한다는 건 피부로 느껴지고… 하지만 나도 그 녀석 정말 사랑한단말야O ㅠ^ㅠO

이렇게 되면 내가 그 녀석을 찾아오는 게 미안해지잖아… 너무… 미안해지잖아…!! 안 돼!! 은서야 약해지지마!!! 사랑은 전쟁이야 +_+!!!

그러던 어느 날…

어김없이 난 내사랑 오마이러브를 하고 있었다.

그런데… 내 방에 들어온 시아 언니 _ 캠이 켜져 있는 걸로 봐서는 집은 아닌 것 같고…

『언니 안녕^^』

『어… 은서도… 안녕…』

저 여자가 왜 저래??

『언니 무슨 일 있어?』

『은서야… 언니… 머리 잘랐어…』

『헉!! 머리는 왜 잘라??』

『나수가… 니수가 헤어지자고 그러네…』

내가 무슨 소리를 들은거지??

분명 그 녀석이랑 깨졌단 소리 맞지?

뭔일이야… ???

원래 나 기분이 엄청 좋아야하는데… 왜 이렇게 기분이 꿀꿀한
거지???

『그렇다고… 머리까지… 잘랐어? 오빠 나한테 아무 말도 안 했는
데… 언제 그랬어?』

『어젯밤에…』

어쩌지…

어젯밤에 그 녀석에게 전화를 했는데 전화기가 꺼져 있어서 무슨
일이 있나… 했어 _

『은서야… 오늘 언니랑 술 마실래?』

『술?? 그러지 머…』

내 기분도 어차피 꿀꿀하였고… 쓰댕 그 녀석이랑 깨졌는데 도대
체 왜 내가 꿀꿀하냐구요!!!

153

시아 언니와 마시면 어차피 내 돈 안들인다는 기쁨에 -_-; 그대로 컴퓨터를 끈 채 바로 준비를 하고 시아 언니가 지금 있다는 시내로 향했다.

　　시아 언니와 만나고… 시아 언니 친구도 오고… 그렇게 우린 여자 셋이서 호프집으로 들어갔다. 그대로 부어라 마셔라~하며 얼마나 마셔댔는지… 시아 언니는 취해서 그 녀석 불러오라고 난리도 아니고…

　　"흐… 흐… 흑… 나수… 데리… 구 와… 은서… 야… 나수 데리구… 와죠… 너… 라면 나수가… 나 다시 받아줄거야…"

　　순간 내가 정말 가을동화의 은서가 된 기분 ┏^┓ 젠장 나도 그

녀석 좋아한단 말이야!!!

　　하느님… 어찌하여 저를 이런 시험에 들게 하시나이까!!!

　　혼자 취해서 난동을 부리는 시아 언니를 시아 언니 친구는 어서 집으로 데려가야겠다며 데리고 가버리고 난 그렇게 씁쓸한 마음으로 집으로 돌아왔다. 물론 나도 안 취한 건 아니었지만… 집 정도는 찾아올 수 있었다.

　　약간… 몽롱하고 우울한 상태 _ 집으로 돌아온 난 그 녀석에게 문자를 넣었다..

　　〈오빠… 오빠 시아 언니랑 헤어졌어?〉

　　조금 있으니 녀석에게 다시 오는 문자 _

　　대답과는 전혀 무관한…

　　〈꼬맹아 너 지금 당장 화상채팅 들어와〉

그리하여 난 씻지도 않은 채 컴퓨터를 켰고 녀석은 방을 만들어 놓고서 날 기다리고 있었다.

『왜 불렀어?』

『… 할… 말 있어서…』

『응… 말해… 그나저나 시아 언니랑 깨진 거 정말이야?』

『어… 꼬맹아… 근데… 너 오빠 좋아하니?』

헉_!! 어떻게 안 거지 ???

이게 무슨 귀신이 곡하고 빗자루 쓰리체인지로 날아다닐 일인가!! 정말 저 녀석 독심술을 배웠던 것일까…ㅜ^ㅜ??

『어?? ^^;; 그게 무슨 말이야?』

『말해 봐… 정말…오빠 좋아해?』

난 그 녀석의 난감한 질문에… 그동안의 일들이 파노라마처럼 내 머릿속에서 스쳐지나갔다. 그리고.. 어디서 그런 용기가 생겼는지 모르겠지만 고백했다.

『응_누가 말했는지 그걸 오빠가 어뜨케 알았는지는 잘 모르겠지만 확실한 건 나… 아무래도 오빠 좋아하는 것 같애』

좋아한다 고백하면서 저렇게 당당하게 말하다니 _ 정말 은서야 넌 멋져 _ㅠ

나의 고백을 들은 그 녀석은 그때부터 말을 잇기 시작했다.

『사실은… 주희한테 들었어. 주희가 이틀 전에 전화해선 울며… 말하드라. 꼬맹이가 오빠 좋아한다고… 그런데 시아 때문에… 힘들어한다고… 만나고 싶음 만나고 좋아하면 좋아한다고 말하라고…

자기가 타일러도 아무래도 내가 좋아하는 사람은 시아 같아서 방해하면 안될꺼 같아서 혼자 아파한다고…』

니코틴년…… ㅠoㅠ 흐흑… 주희야 감동이야!!

『…그… 랬어? 주희가… 쓸데없는 짓 했네..^^;; 그래서… 오빠나… 힘들어… 해서… 그래서 시아 언니랑 깨진 거야?』

『아… 니… 그건 아냐… 사실 잘 모르겠어. 꼬맹이가 날 좋아한단 말을 듣고서… 계속 생각했는데 이상하게 자꾸 시아랑 사귀던 게 후회가 됐어. 그리곤 니가 자꾸 생각났어. 근데 아직은 모르겠다. 내가 정말 누굴 좋아하는지…』

결국 날 좋아한다는 소리는 아니잖아…

그런거구나~ 한 사람을 좋아하는 일은 분명 미안 한 일이 아닌 일인데…

어떻게 너한테 건네는 내 사랑은 모두 미안한 사랑이 되는 건지…

『그래서… 이제 어쩌자는건데?』

『일단은… 혼자 지내고 싶어. 그래서 시아 보고도 헤어지자고 한 거고… 꼬맹이 오빠 이해하지? ^^』

이해?? 당연히 못하지 _!!! 그래도 이해해 달라는데 어떡해? 해줘야지! 누굴 좋아하는지 확실히 모르겠다면 내가 깨닫게 해줄게.

분명 니 녀석은 날 좋아하게 될거야 ㅜoㅜ !!! 그래 이은서!! 이제 시작이다. 이젠 공평해진거야. 힘내자 !!

그 녀석의 이야기를 듣고 내가 정말 굳게 결심하고 나니 녀석이 보고 싶어졌다. 그리하여 처음으로 먼저 만나자고 말한 나 _!!

그 녀석 흔쾌히 좋다구 하였고 나 역시 기쁜 마음으로 컴퓨터를 끄고서 침대에 누울 수가 있었다. 그리고 왠지 모르지만 아주 푹 ~~~~~잠든 것 같다.

오늘은 즐거운 주말♬

그 녀석 만나서 더욱 더 기쁜 날 ♬

토요일은 학교도 일찍 마치고_

학교를 마치자마자 난 바로 그 녀석과의 만남을 위해 집에서 꽃단장을 하고 나의 사랑 롯데리아 +_+ 로 향했다.

내 사랑 싸이코녀석 오늘도 여전히 빛이 나는구나!!! 머리스탈두 많이 변했고_

"오빠~~~~~~ 오래 기다렸어?"

"어!! 누가 이렇게 늦게 오래?"

하지만 성격은 여전하구나 -_- 우리는 언제쯤 정상적인 대화들을 나눌 수 있을까!

"미안 -_-; 우리 근데 어디로 가?"

"오늘 승우 만나기로 했어."

오옷~~~!! 오랜만에 등장하시는 승우님γ

"그래?? 근데 -_-;; 나 만나기로 해놓고 승우님이랑 약속했니?"

"그게 아니고 니가 만나자고 하는데 요즘 시아 만난다고 돈을 너무 많이 써서 돈이 없어서 -_- 그래서 승우한테 빌붙은거야."

대체 시아 언니 만나면서 도대체 돈을 얼마나 썼길래!! 돈이 없을 정도야!!!

참… 승우님두 불쌍하지_

어쨌든 그 녀석과 난 녀석의 차를 타고선 승우님이 알바를 하고 계시는 명현동의 모모피시방으로 향했다.

우리의 사랑스런 승우님 _ 오늘도 변함 없이 컨츄리꼬꼬의 신정환을 닮은 모습으로 우리를 반겨주셨다.

"어~ 꼬맹이 왔니? ^^ 오랜만이다?"

"예^^ 오빠 잘 지냈어요?"

"응 ~ "

승우님과의 간단한 인사를 끝낸 그 녀석과 난 승우님의 알바시간이 끝날 때까지 컴퓨터를 하면서 기다렸고 _ 그동안 계속해서 울리는 전화_

"여보세요."

"흐흐흐흑… 흐흐흐흑…"

전화 속에서 새어나오는 어느 한 여자의 울음소리

"흐흐흐흑…"

시아 언니였다 _

녀석이 울지마라 끊을게 하구 끊음 또 전화와서 울고 -_-;; 끊음 또 전화해서 울고…-_-;;

수십 번의 반복_

승우님 알바를 마치고 우리가 호프집으로 자리를 옮길 때까지 그 흐느낌의 전화는 계속되었다.

너 없이는 못산다고… 돌아오라고…

같은 여자로서… 같이 한 사람을 사랑하는 사람으로서… 가슴이 조금 아팠다. 한동안 계속해서 울리던 그 녀석의 전화가 드디어 멈췄다.

그동안 조용히 술만 마시던 승우님

"누구냐? 혹시… 시아인가 걔야?"

"어_ 나 시아랑 헤어졌어."

승우님은 날 슬쩍 쳐다보시더니 다시 말을 이었다.

"잘 헤어졌어. 걔 맘에 안 들었어. 머리도 그게 머리털이냐? 돼지 털이지? -_-^ 근데 왜 계속 전화질이래?"

오옷!!!!! 승우님 ㅜ0ㅜ 멋찝니다. 오늘따라 승우님 사랑스럽습니다 +_+ 승우님은 시아 언니를 싫어했다.

까~~~~~~~아 젤 친한 친구가 나의 적을 싫어한다. 앗싸~! 일단 난 좋구~

"전화해서 자꾸 울잖아 _ 다시 사귀자고. 짜증나서 그냥 알았다고 해버리긴했는데…"

머시라? 대충 예상은 했지만 다시사겨? 울음소리 때문에 잠시 방심했다!! 겨우겨우 원상태라고 생각했더니 이게 머냐고 _!!

니녀석도 나쁜 놈이야. 여자가 찔찔 짠다고 짜증나서 다쉬 사귀냐? 젠장 ㅠ0ㅠ

그때부터 난 술을 퍼마셔대기 시작했다. 얼마나 마셨을까… 속에서는 더 이상 올릴 것도 없어서 술까지 함께 올라오고… 난 비틀

비틀 거리며 화장실로 향했다.

화장실은 왜 이렇게 높은 건지…

우우우우우우우욱

한참을 토하고 - _ - ;; 세면대 위에 섰는데 저 밑에서 날 바라보고 있는 녀석 _

"꼬맹아 괜찮냐?"

괜찮을 턱이 있냐?

하지만…

"괜찮어…"

내가 세면대의 물을 틀어 얼굴을 적시고 있을때 쯤 녀석은 화장실로 향해 올라왔다. 그리곤 날 부축하는 녀석 _

왠지… 싫다……

내가 자신을 좋아하는 거 뻔히 알면서 그런 날 앞에 두고 시아 언니를 다시 사귀는 그 녀석이 너무너무 미웠다.

"이거… 놔!!"

차갑게 그 녀석을 향해 차갑게 말하는 나 _

"어…"

그래도 그렇지 놓으랬다고 바로 놓냐? 비틀거리며 계단을 내려 화장실을 빠져나가기 시작했다. 그리고 내가 막 계단을 다 내려왔을 쯤…

내게 말하는 그 녀석 _

"오빠가… 너한테 갈까?"

두근두근

세근네근

갑자기 요동을 쳐대는 심장 _ 망할 심장아 일단 진정 좀 해다오!!!

맘 같아서는 당장 오라고… 그렇게 말하고 싶지만 그래도 왠지 이런 건 아닌 것 같은 기분

그리구 방금 전 그 녀석은 시아 언니랑 다시 사귄다구요!!!

흐흑… 망할 나의 자존심 _

그리고 중요한 건 아직도 난 녀석의 진심을 제대로 모르겠다는 것…!!

"…… 동정해서 그런 거라면 필요 없어!"

다시 테이블로 돌아온 나… 계속 마셔댔다. 더 이상 조금이라도 맨 정신으로 있다간 아무래도 미쳐버릴 것 같았기에 _

승우님과 그 녀석은 날 다투어가며 말렸지만 결국 난 뻗고 말았다 -_-::

눈앞이 빙글빙글

길가의 네온사인들이 뱅뱅 돌아가고 내 몸은 세상에 붕~ 떠 기분이 아~주 좋구나 *^^*

귓가에 승우님과 그 녀석의 대화가 간혹 들려오긴 하지만 머리가 어지러워서 제대로 들리지는 않았고… 그런 와중 분명히 알아들은 것 하나!

승우님의 한마디~

"저 녀석 때문인 거 맞지?"

무슨 뜻이었을까?

그렇게… 정신을 잃은 듯하다. 눈을 뜨니 난 내방 침대에 고이 눕혀져 있는 나 _ 그리고 역시나 녀석이 날 데려다놓고 갔다고 전해주는 엄마 _ 하지만 특이하게도 얌전히 그녀석 등에 업힌 채 들어왔단다.

아침부터 숙취에 시달린 나는 하루종일 집에서 한 발짝도 움직일 수가 없었다.

일요일 하루를 그렇게 무의미하게 보낸 채

월요일!! 난 페인의 모습으로 학교로 향한 나 _

162

그런 나의 모습을 본 니코틴 년은 무슨 일이 있었냐며 아침부터 머리 울리도록 물어대기

시작했고 난 니코틴년에게 모든 일들을 얘기해줬다.

니코틴년… 마치 자기일인 듯 몹시도 흥분하였고 난 니코틴년에게 죽도록 맞았다 -_0;;

굴러 들어온 복 걷어 찬거라고 흑 _

학교에서 니코틴년한테 죽도록 맞기만 하다가 집으로 돌아왔다. 덩치는 쪼끄만한 기집애가 힘은 어찌나 센건지 _ 서글픈 마음에 침대에 누워 혼자 청승 떨어대기 시작했고 _

마침 울려퍼지는 핸드폰

옛날 옛날에 한 옛날에 다섯 아이가 _ 月

시끄럽게 울려 퍼지는 전화벨 소리

오늘따라 사랑스러운 내 폰 뽀새버리고 싶을 만큼 짜증스럽다.

"누구야?!"

"나다 불만이냐?"

녀석이었다. 안그래도 심란한데 웬 전화인지 _

"웬일이야? 시아 언니한테 전화나 거시지~?"

마음과는 다르게 자꾸만 비꼬게 되는 이 방정맞은 입 _!!

"꼬맹아… 너… 죽는다 –_–^^"

제길_

난 왜 저 녀석이 목소리만 깔면 이리도 약해지는건지

"칫… 그래 미안해!! 근데 정말 웬일이야?"

"응 내일 만나자고."

ㅠ^ㅠ

울어서 짜증난다고 다시 받아준 시아 언니나 만날 것이지 왜 나보고 나오래?

흥_!이다

"시아 언니나 만나."

"또 그러지? 지금 니네집 앞으로 갈까?"

"잘못했어 –_–;"

아! 한없이 비굴해 지는 나_ 도무지 이 녀석과 난 왜 이렇게도 발전이 없는 것일까!!

"잘못한 거 알면 됐다~ 그럼 낼 학교 마치고 준비하고 있어. 집 앞으로 갈테니까 이쁘게 해야해."

"무슨 일인데? 이쁘…"

탁_!!

망할!! ┬^┬ 또다 또야!! 언제쯤 난 이 녀석과의 통화중에 마지막 인사 따위를 하고 끊을 수가 있을까!

그래도 또 만난다 ^_____^

그 녀석의 만나 잔 한마디에 니코틴년에게 맞았던 일도 시아 언니와 다시 사귄단 일도 모두 잊어버린 채 내사랑 오마이러부~*에 접속을 하는 나 _ 정말 단순한 나 _!

그래도 세상은 때론 단순하게 살 필요가 있다 ㅋㅋ

164

은서녀 말씀γ

난 오마이러부에 들어갔을 때 그 녀석의 방이 없음 어김없이 내 방을 만들어 그 녀석처럼 혼자 노래 틀어놓고 흥얼거린다.

이름하여 왕.따.놀.이

한참 왕따놀이를 즐길 때쯤 시아 언니가 내 방에 들어왔다.

『은서야… ^^ 머해?』

『응 _언니 왔구나? ^^ 나 그냥 노래 듣고 있었어. 참!! 언니 오빠랑 다시 사귀지? ^^ 축하해. 오빠한테 토욜날 들었어』

이은서 정말 가증스럽다 ┬^┬ 사랑을 하면 원래 그렇게 다 가증스러워지냐??

『어 ^^ 고마워. 다 은서 덕분이야. 근데… 언니는 좀 그렇네…^^;; 나수가… 정말 다시 돌아오구 싶어서 온건 아니니까…』

당신도 사실을 아는구려 _

『에이~ 그래도 돌아온 게 어디야?』

『하긴…^^ 그래 돌아온 게 어디야? 나수가… 날 사랑하지 않아도… 내가 사랑하니까… 그러니까… 이렇게 다시 사귀는 것만으로도 만족해…』

다시 사귀는 거 자랑하는거니? 난 사겨보지도 못했어!! 젠장 겨우겨우 떼놨드만 다쉬 붙고!!

『그래… 열심히 해봐…』

난 맘에도 없는 소리를 시아 언니한테 하고선 기분 안 좋다며 컴퓨터를 꺼버렸다. 그리고 이렇게 자꾸만 치사해져 가는 날 원망하고 또 원망했다.

하지만……

그렇게 착해 보였던 그녀가 나중에 뒤통수를 휘갈길 줄이야!!

11 그녀의 가면

언제나 찾아오는 아침 _

그래도 어김없이 학교는 가야하기에…

흐흑…

솜털 같은 내 가방 손가락으로 뱅뱅 돌려가며 학교로 향했다. 어젯밤 혼자서 또 쓸데없는 청승을 떠느라 잠을 제대로 이루지 못한 난 학교에서 스트레이뚜 퍼펙트 하게 1교시부터 4교시까지 내리잤고 점심시간에 배를 든든히 채운 후 다시 5, 6교시 풀로 열심히 자 드렸다.

이런 시점에서조차 배가 고파 점심시간에 일어났다가 다시 잠드는 내가 참 한심스러울 따름이다.

그렇게 의미 없는 학교생활이 끝나고 즐거운 마음으로 집으로 뛰어가는 나 _

집에 도착한 난 그 녀석이 이쁘게 하고 있으란 말을 기억해 얼음으로 붓기를 가라앉히고 화장도 좀 진하게 해주고 옷도 여성스럽게 치마정장을 입었다. 내가봐도 정말 퍼펙트하구나 흐흐훗.

166

미안하다 -_-;;

자제해야지 _ 자제해야지 _ 생각하면서도 그게 잘 안 된다 -.-

한참 내 모습에 넋이 나가 있을때 쯤 그 녀석에게 전화가 왔다.

"엽떼여~~~~~"

"니가 애냐? 전화 똑바로 못 받어?? 집 앞이야 빨랑 나와."

언제나 진지하게 생각해 봐도 참… 간단하기도 한 그 녀석의 전화!! 아직까지 그 녀석과 사소한 전화통화라도 5분 이상 해본 적이!!

늦게나감 죽음이란 생각에 우리 집 뿌셔져라 쿵쾅거리며 뛰쳐나갔다. 대문을 열자마자 조용히 대기해있는 녀석과 녀석의 잘빠진 스포츠카

"오빠~~~ 히죽히죽 ^_____^"

"안 이뻐_"

쳇 _ 니녀석은 하루라도 좋은 말 해주면 어디서 부서지기라도 하는 녀석이지?

"쳇 _! 알았다 알았어! 근데 오늘 어디가길래 이쁘게 하구 오라 한거야? *^0^*"

"안 어울린다고 몇 번을 말해!! 꽃 떼!!"

드러워서 뗀다 떼!!

"그래 뗀다 떼!! 이제 어디 가는지 물어 봐두 되냐?"

"응… 민이 만나러 가."

헉!!!

?.?

설마 민이라면… 그 민이라면… 이름이랑 얼굴이랑 좆나 안 어울리는 그 사촌넘!!!

니넘이 지금 제 정신인게냐!!! 지금 내 간을 오그라붙어서 아주 말려죽일려고 작정한거지? 말도 안 돼! 절대 안 돼. 갈 수 없어!! 나 절대 못 가~~~~~~~~~

"ㅠ0ㅠ 오빠… 장난이지? 장난인거지? 싫어 _ 싫어~~ 나 안 갈래 안가 ~못 가. 흑 _민이 오빠 너무 무서워. 아니 민이 오빠만 만나면 괜찮은데 민이 오빠 부하들이 더 무서워~~ㅜ^ㅜ ㅜ^ㅜ ㅜ^ㅜ"

"시끄럿!!!! 조용히 안 해? 안 간다고 다시 한번만 더 말해봐."

"…… 싫어…… ㅜ^ㅜ"

"*^^* 꼬맹아~ 오빠가 잘 안 들린다. 다시 한번 말해주지 않으

련?"

저렇게 꽃 달면서 말하면 난 니가 더 무서워!!

"…… 가…… 간… 다… 고 ㅠ^ㅠ"

난 언제쯤 그 녀석 앞에서 내 생각들을 당당히 말할 수 있을까? 흑_

그렇게…… 난 그 이름과 많이 안 어울리는 사촌님을 만나러 그 녀석과 함께 이동했다. 정말 살 떨린다.

몇 십 분을 차를 타고 나간 우리는 나이트클럽 앞에 도착했다. 그 녀석과 내가 나이트 앞에 서자마자 삐끼들 옆에 서 계시던 무서운 깍두기 아저씨들 ㅠ^ㅠ

"형님 오셨습니까!!"

뭐?? 형님??? 풋_웃긴다. 사촌님이 조폭이지 이 녀석이 조폭이냐?

형님은 무슨 개 풀 뜯어먹는 형님 ~!!

어찌하였든 그 녀석과 함께 나이트 안으로 들어간 나_예전 한참 나이트 다닐 때 생각나는구나_흑

요즘 이 녀석 때문에 심란해서 나이트라곤 제대로 가보지도 못했는데… 이게 얼마만이야~~

그 녀석과 난 이름하여 찬란한 〈원빈〉 -_-;; 생긴 거와 전~~~ 혀 다른 원빈이란 넘의 안내를 받아서 시끌시끌한 스테이지를 뒤로 한 채 룸으로 향했다. 중간중간 지나다니던 깍두기 오빠들 중에서는 낯익은 오빠들도 보이고 -0-

168

사정없이 떨어대는 내 살들을 붙잡은 채 난 그 녀석과 원빈 -_-;;을 졸졸 따라 어느 룸 앞에 다달았다.

아주 당당히 룸의 문을 화~악 열어젖힌 채 안으로 들어가는 그 녀석 _ 물론 들어가기 싫다고 버둥대는 나를 잡아끈 채 _

헉 _!!!

어찌하여 이런 일이 있을 수 있습니까!! 룸 안으로 들어가자 마자 내 눈에 비치는 모습은 넓디넓은 쇼파에 빼곡히 앉아 계시는 검은 양복의 깍두기 조폭 오빠들 ┬^┬

신이시여~~~~~ 제가 전생에 무슨 죄를 그리도 지었길래 남들은 평생 한 번도 못 겪어볼 일들을 이리도 겪게 하시나이까!!

그 녀석 울부짖는 날 뒤로한 채 조폭 아자씌들의 틈에 끼여 앉았다.

야 임마 _ 나도 좀 챙겨 _!!

혼자 뻘쭘하게 서 있는데 들려오는 낯익은 목소리 _

"어?? 꼬맹이 아가씨 아이가~ 오랜만이네~"

목소리의 주인공 _ 이름과 생김새가 매우나 어울리지 않는 잘나 빠진 싸이코 그 녀석의 사촌 민이넘

"ㅠ_ㅠ 네… 안녕… 하세요."

하핫 _ 정말이지 다리 후들후들 떨리고 오줌 쌀꺼 같구나.

"^^ 그래~ 근데 꼬맹이 아가씨는 우째 볼 때마다 오줌 쌀 것 같은 표정이고?"

흐흑… 사촌님 당신 같으면 이 상황에서 오줌쌀 것 같은 표정 아

니게 생겼습니까!!

　다리까지 후들후들 떨고있단 사실을 아는 건지 모르는 건지 사촌님은 나를 데리고 빈자리에 앉혔다.

　조폭 아자씌들 틈에 앉아 있자니 정말 살 떨려 미치겠구나. 내가 그렇게 벌벌 떨고 있을 때 그 녀석은 참으로… 도 정답게 웃으면서 조폭 오빠들과 인사를 나누고 있었다.

　ㅠ^ㅠ

　"나수 오랜만이다?"

　"어~ ^^ 형도 잘 지냈어?"

　"숙모랑 삼촌도 잘 지내시지?"

　"어 ^^ 머 그렇지."

　그랬다.

　거기 빼곡히 앉아 계시던 깍두기 오빠들은 모두 그 녀석의 사촌이었던 것이다!! 정말 귀신이 곡할 노릇이지 이건 분명 조물주의 장난일께야… 그렇지 않고서야 어떻게 저런… 조각 같은 외모에 조폭 아쥐들의 무서븐 얼굴을 가진 그런 사촌이 있을 수 있단 말인가!! (참고로 말씀드리자면 그 녀석 친형은 잘생겼다 −_−;;)

　그리구 도대체 이 집안은 어떻게 굴러가는 집안이길래 사촌들 모두가 조폭이야…… ㅠ0ㅠ 으앙~~~~~

　그 녀석과의 인사가 끝난 깍두기 아자씌사촌넘들의 눈길이 나에게 쏠리기 시작하고 _ 드디어 조폭 오빠들의 스포트라이트를 한몸에 받아버린 나!!

대충 비슷한 나이또래 −_−;; (사실 나이분간이 안됐음) 들인 거 같았
지만 그중 젤 연장자 같은 오빠가 아니 오빠라고 붙이기도 민망한 _
분이 날 쳐다보며 그 녀석에게 물었다.

"나수야… −_−;; 여자가 바뀌어따???"

저건 또 무슨 귀신 씨나락 까먹는 소리래? 여자가 바뀌다니?? 나
말구 또 다른 여자 데리고 온 적 있었던 건가??

"아, 내 동생이야."

"에이~~동생은 무슨 그게 아니구만… 그럼 그때 그 아가씨는?"

아저씨 −.− 그래도 일단은 동생이 맞답니다.

"아 _ 걔? 몰라? 집에 있겠지?"

"이자식 양다리였구만?"

아저씨들은 매우나도 즐거운 대화를 안 어울리는 꽃과 함께 나누
고 있었다.

많은 사촌님 −_−;; 《(−불어난 사촌들) 들 중 그나마 젤 잘생기신 사
촌님께서 날 향해 물었다.

"아가씨는 나이가 어떻게 되죠? *^^*"

아저씨… ㅠ^ㅠ 제발 꽃부터 떼고 말씀해 주세요!!!

더 무서워서 죽을꺼 같아요 _!!

"네… ^^;; 18살이에요…"

"아직 어린 아가씨네 ^^"

"아~ 네… −0−;;"

"근데 나수야… 저때 그 아가씨 보다 이 아가씨가 훨씬 낫다? 그

아가씬 영~~~~~~그 아가씨 예전에 우리 가게에서 일했던 아가씨던데? 너도 알고있냐?? 어이쿠 _ 이거 말하면 안 되는건가??"

뭐?? 가게에서 일했던 아가씨?? 그… 그럼 시아 언니가 술집에 나갔었단말야??

"저… 저기요!! 그게 무슨 말이에요?? 가게에서 일했다니요??!!"

순간 벌떡 일어나며 조폭 아저씨께 난 되물었고 그런 날 옆에 앉아있던 사촌님께서 앉히시더니

"꼬맹이 아가씨_ 내가 난중에 말해줄게. 그니까 지금은 그냥 조용히 좀 앉아있으라~ 벌써 나수 얼굴색이 변했다_"

민이 오빠의 말을 듣고 녀석의 얼굴을 바라보니 정말 녀석의 얼굴은 납빛이 되어있었다 _

알고… 있었던건가??

시아 언니의 이야기가 일단락 되고 여기저기서 술잔이 오고가기 시작했다.

모두들 무르익은 분위기에서 조금씩 취한 듯 보였고 _ 녀석 역시 오랜만에 만난 사촌들이라서 그런지 매우 즐겁게 즐기고 노는 듯 _

그 틈을 이용한 나 _!! 옆에 앉아서 술을 마시던 민이 오빠를 끌고 밖으로 나왔다.

"오빠오빠 _ 빨리 말해봐요!! 아까 그분이 하신 말씀 그게 무슨 말이죠?? 가게에서 일을 했다니요!! 혹시 그럼 술집여자란 말이에요??"

"아따_ 꼬맹이 아가씨 궁금한 것도 많다 ~ 뭐,, 나쁜 말로 표현하

자면 그런 셈이제~ 요새 애들 많~이 온다. 뭐 다들 돈 때문에 오는
기지 _ 일찍 놀아봐서 돈맛은 알고 그 돈을 충당하기에 부모님들이
주시는 돈들은 작고~ 그래서 여 와가 술 따르고 하면서 돈 벌어가
는거지~"

"근데 시아 언니 아직 19밖에 안되잖아요!! 그럼 미성년이에요!!
안되는 거 아니에요?"

"요새 그런 게 어딨노? 다 ~ 그렇다 _ 지금 꼬맹이 아가씨 또래
들도 잘 찾아보면 한둘이 아닐끼다. 다들 나이 속이고 들어와서 그
렇지 _ 대부분 청소년들이다."

"진짜란 말이에요??? 하하하핫 _ 시아 언니가 술집여자였다고??
그럼 오빠도 아는 거예요??"

"나수? 금마도 뭐 첨엔 몰랐지 _ 근데 어디 영원한 비밀이 있나?
시아 한번 여게 다녀가고 난 뒤 알아보는 사람도 많고 나수도 금방
알게 됐다아이가~ 근데 뭐 나수는 그런 건 크게 신경 안쓰는 거 같
더라. 과거는 과거라고 한다 아이가 _ 그나저나 그게 걱정이다."

"머가요?"

"꼬맹이 아가씨 니 조심해라. 시아 고년 고거 아주 앙큼한 년이
다. 니한테 잘해주고 하니까 착한거같제? 그거 아니데이~ 얼마나
앙큼한 년일 줄 아나? 예전에 우리 가게 있을 때 선수였다 선수였어
~ 가시나가 어릴 때부터 많이 까져가 안 해본 것도 없고 _ 그러니까
잘해준다고 착한 사람이라 생각하지말고 항상 바짝 긴장하고 있어
라!! 안 그라면 큰일난데이~!! 안 그래도 내 며칠 전에 우연히 들었

는데 아직 가게에 남아있는 시아 고거 친구들 입에서 니 이름 왔다 갔다 하는 거 들었다아이가~ 시아 그게 뒤에서 니 뒤통수 칠 계획 짜고 있는지도 모른다. 오빠야말 잘 듣그래이~"

정말 충격적인 이야기들 _

상상도 못했던 이야기들 _

어떻게 그렇게 착해 빠진 듯한 얼굴로 그런 짓을?? 그동안 미안해하고 힘들어했던 난 대체 뭐란 말인가? 그리고 내 앞에서 착한 척 했던 그녀의 모습들은 다 가면이었단말야??

하하… 정말 말도 안 돼…

당황스러운 이야기들을 한꺼번에 들은 난 머릿속에서 정리가 안 되었고 민이 오빠에게 먼저 간다는 이야기를 녀석에게 전해달라고 하고선 집으로 와버렸다 _

이게 뭐야… 이건 아니잖아… 왜 이런 식으로 일이 되어가는거지?? 정말 시아 언니가 그런 사람인건가?? 그동안 연기한 거란말야?

밤새도록 심각한 고민에 휩싸여있다 어느새 날이 밝아버렸다 _ 처음으로 내가 고민덕분에 밤을 샌 듯 _

그렇게 며칠이 지나갔다. 그리고 우연히 시아 언니의 홈페이지를 알게되었고 그녀의 홈페이지에서 내게 한 수많은 욕들과 그동안 내게 보여줬던 모습이 모두 연기였단 걸 알 수 있었다 _ 정말로 민이 오빠의 말이 맞는 것이었다.

에이!! 짜증나!!

12 첫 키스

그러다 또다시 토요일 주말이 찾아왔다 _

요즘 그 녀석은 시아 언니와 말로만 사귀는 거였지 만나지도 않는 거 같고 나 또한 시아 언니의 가면을 알고서 더 이상 미안하지 않으니 정말 즐거운 날이다!!

학교를 마치고 니코틴년과 집으로 돌아오며 오늘은 시내나 나가볼까 하며 약속을 정하고 있는데… 언제나 그래왔듯 내가 멀 좀 해볼려고 하면 태클을 걸어주는 녀석 _

전화가 왔다 _

"여보세요~"

"꼬맹이냐?"

"응~ 오빠 무슨 일이야?"

"오늘 우리 집 빈다_ 놀러와."

뭐어어어엇!!! 집이 비니까 놀러를 오라고? 어쩌지… 어쩌지… **ㅜ0ㅜ**

"너 또 이상한 생각하지? 하여튼 쪼끄만한 게 맨 날 이상한 생각만 해요_!!"

"아니다 뭐 -0-!! 이상한 생각 안 했어!!… 근데 오빠 나 어쩌지? 오늘 주희랑 시내에 나가기로 약속했는데 _"

"그래서?"

"그… 그래서… -_-;;주희랑 약속을 먼저 정해따고…"

"잘 안 들려 머라고?"

"주희랑 약속을 먼저 정했다고!!!"

"잘 안 들린다니까? 다시 말해봐."

ㅠ_ㅠ 젠장할 그래 간다 가_! 드럽고 치사해서 가!

"간다고… ㅠ^ㅠ!!"

"그래 알았어~ 우리 동네 와서 전화해."

"어 기다…"

툭~!!!

머… 이제 익숙하다 _

그나저나… 고개를 옆으로 돌리니 나를 죽을힘을 다해 야리고 있는 니코틴년 ㅠ0ㅠ

"저… 기 주… 희… 야… 그게… 오늘 시내 못 가겠다 ^^;;"

"그래? 응… 그러쿠나… 이젠 남자 작업 들어간다고 친구고 뭐고 안 보인다 이거지? ^^"

흐흑… 주희야 용서해… 이 못난 친구를 용서하거라.

"대신… 던힐로 두 갑 사주께!!!"

"됐어."

"세 갑… 사주께… ㅠ^ㅠ!"

"네 갑_ 그럼 봐 주께."

흐흑… 네 갑!! 네 갑이면 도대체 돈이 얼마지?? 내돈 내돈 내돈

~!!

"으··· 응··· ㅠoㅠ"

젠장할 _ 흑

녀석에게 꼬옥 니코틴년의 던힐 값을 받아내고 말리라Oㅜ^ㅜO

난 겨우겨우 던힐 네 갑으로 니코틴년과 합의를 본 채 사복으로 갈아입기 위해 집으로 향했다. 즐거운 마음에 콧노래까지 불러가며 옷을 갈아입고 막 집을 나오는데 징징대는 나의 사랑스러운 폰 _

이젠 더 이상 구린 문자 소리가 아니다 ~~

폰 바꿨지롱~~~~~~히힛~*

『빨리 안 와?!!』

하여튼 성질 급한 놈 _ 지가 전화한지 몇 분 지났다고 빨리 안 온 냐고 하는 건지 _ 내가 그렇게도 보고싶은가 보지? *^^*

ㅎㅎㅎㅎㅎ훗 _

『좀만 기달료 〉_〈』

녀석에게 나의 애교를 듬~뿍 담아서 문자를 띄우고는 버스 정류장으로 향했다.

히죽히죽 ^_____^

그 녀석 동네로 가는 버스에 몸을 싣고 출발 _

조금 후 도착한 녀석의 동네 _ 그런데 버스에서 내리니 참으로나 황량한 동네 _

이거 정말 사람 사는 동네 맞아?? 아주 가끔 보이는 차 _ 가게라고는 하나 없는 길들 _ 둘러쌓여 있는 주변의 숲들 _

우리 집 가까이에 살고 있었지만 녀석의 동네는 처음이기에 더욱더 찾아드는 당혹감

이런 곳도 있었다니 -_-::::::

한참동안 길을 따라 걸어나가자

오옷!!!?.?

끝없이 이어져있는 엄청난 집들 _ 집도 조그만한 주택도 아닌 티비에서나 보던 그런 어마어마한 집들 @.@

주택가로 들어가는 길목에 서서 그 녀석에게 전화를 걸었다.

<u>뚜르르르르르를 뚜르르르르르르를 뚜르르르르르르를</u>

"말해."

"전화 받는 태도 좀 고쳐~ 차라리 모시모시라 하던가 말해가 머냐?"

"니가 지금 날 가르치냐? 주글래?!! 어디야?"

"나? 나 여기 주택가로 들어서는 길목인데 _무슨 집들이 이렇게 많어!!!"

"하여튼 돌탱이 같은 게… 거기서 기다려! 지금 나갈게."

한… 5분 정도? 기다리자 저 멀리서 그 녀석의 모습이 보이기 시작했다.

처음 보는 옷차림 -0-;; 청바지에 니트 쪼가리라… 참으로 폐인의 모습이 아닐 수가 없구나 _ 그래도 넌 폐인의 모습이라도 츄리닝이 아니라 다행이구나 _

"*^^* 오빠 왔어?"

"꽃 떼."

"그래 ㅠㅠ"

"많이 기다렸냐?"

"아니."

"가자."

녀석을 따라 쫄래쫄래 따라 들어간 주택가 _ 그런데 대체 어디까지 가야 하는거야!! 가도가도 끝없이 이어지는 길 ㅠ^ㅠ 도대체 니녈의 집은 어디냐…

"헉헉 _ 오빠 도대체 언제까지 가야해?"

"다 왔어."

"여기야?"

"어_ 들어가자."

그 녀석과 함께 어느 집 앞에 멈춰서자 그 녀석은 자기 집이라며 들어가자고 나를 떠밀었다. 숨이 턱까지 차 고개를 숙여 헥헥이고 있던 난 그제서야 고개를 들었고

허억~~~~~~~~~~~~!!!

숨이 턱까지 찬 내가 고개를 들어 그 녀석의 집을 봤을 때…

?.? ?.?

머찝니다~!!! ㅠ_ㅠ)b 집이 정말정말 이쁘구나 _ 이렇게 이뿐 집에서 사는데 왜 성격은 그렇니? 흑 _

"멀 쳐다봐? 왜? 우리 집 좋냐?"

저런 감자탕에 처넣어 끓여먹어도 모자랄 놈 꼭 저렇게 지자랑을

해야만 직성이 풀리는지…

"-_-;; 어… 좋아서… 들… 어… 가… 자…"

녀석과 함께 집안으로 들어갔다.

굉장히 깔끔한 집 _ 그렇게 화사하지도 않고 그냥 단아하고 깔끔한 느낌이랄까?

암튼 좋은 집인 거는 확실하다 _

"오빠완 다르게 굉장히 깔끔하다~?"

"고맙다만 나와 다르다면 나 다운건 우리 집이 어째야 하는건데?"

난 날 향해 야리는 그 녀석을 뒤로한 채 집 구경을 시작했다. 물론 내맘대로 -_-;; 요즘따라 간땡이가 다쉬 부어터진 나였다_

어느덧 도착한 그 녀석의 방 _ 한눈에 알아볼 수 있었다.

온통 파란색으로 꾸며진 방은 차갑고 승질머리 드러운 거 티내는 것도 아니고 어떻게 방 전체를 파란색으로 꾸며놓을 수가 있냐!!!

대충 집 구경이 끝나고… 드디어 울리기 시작하는 나의 뱃속시계 _ 원래 뱃속시계가 울릴 시간보다 시각도 훨씬 넘겨져 있었다.

꾸루륵 꾸루륵 〈-참…-_-;; (원초적인 표현)

"배고프냐?"

"웅 (--)(_)(--)(_)"

"돼지 같은게 _… 하여튼 먹는 건 죽어라 좋아해요~"

쓰글 _ 그래도 자기가 나보다 더 많이 먹으면서 _

"밥이나 줘!! 집에 놀러 오라고 불러노쿠선 밥두 안 줄꺼야?"

"은서야… 너 많이 컷다? 지금 오빠보구 밥 달라고 땡깡 부린거니?^~^"

"아냐… 내가… 언… 제 ㅠ0ㅠ 그냥… 밥… 이나… 찬밥이라도 있음 주면 좋겠다고_ 하핫"

흐흑… 인간 이은서… 정말 인생 너무 불쌍하구나.

"밥 주까?"

슬쩍 반가운 소릴 하는 녀석 _ 그래도 넌 말만 그렇게 하지 좋은 일은 많이 하는 놈이었어~

"응 ^0^"

"알아서 찾아먹어 그럼 주께."

제길_

정말 저 녀석 어떻게 죽여야만 잘 죽였단 소릴 들을 수 있을까? 흑 _ 설마 내가 여기서 이 녀석을 죽인다면 아는 사람은 있을까? 알아서 찾아먹으라는 대답에 또 알아서 찾아먹을려고 주방으로 향하는 나 -0-;;

주방으로 들어온 난 젤 먼저 냉장고 문을 열었지만 _ 이눔의 커다란 냉장고는 대체 왜 안 열리는건지 _!!.

"오빠… 냉장고 문이 안 열려!!"

주방에서 들리는 나의 처절한 외침을 들었는지 곧 주방으로 들어온 그 녀석 _ 한쪽 벽면의 리모콘을 꺼내더니 버튼 하나를 클릭하였다.

그러고선

"우리 집은 좋아서 자동이야 ㅡㅡγ"

라는 녀석

하하하핫 -0-

그렇게 녀석의 잘난 척과 함께 냉장고 문이 열리고… 우와 ~~~~~먹을 거 정말 많구나!!!

"오빠~~~~~나 정말 이거 다 먹어도 돼?"

그러자 본연의 싸가지 없는 표정으로 날 아래위로 훑으며 한다는 말씀이

"아니 내가 언제?"

헉!! 분명히 찾아먹으라고 해놓고 이제 와서 또 무슨 소리래?!?! 정말 먹을거 가지고 이러는 놈 제일 싫어!! 흑_

182

저 배워먹지 못한 놈의 쉑히 같으니라고 _!!!

먹을거 가지고 이랬다 저랬다 하는 녀석덕분에 오랜만에 머리가 팽팽 돌아버린 나 _!

"야!! 김나수 !!! 머가 그래 잘났어??? 니가 성격이 좋아 아님 얼굴이 잘생겼어? (사실 잘생겼다 -_-;;) 도대체 뭐 때문에 맨날 이렇게 사람을 괴롭혀? 이젠 먹는 거 가지구두 지랄이니? 당해주는 것도 한두 번이고 장난이니 하고 넘어가는 것도 하루이틀이지 내가 니 장난감이니? 먹으라면 먹고 먹지 말라면 못 먹고… 진짜 어이가 없어서 말도 안나온다. 나 갈꺼얏!!"

나의 갑작스런 반격에 놀랐는지 그 녀석은 그저 날 향해 벙찐 채 암말도 못하고 있었다.

-_-++ 흥 나도 한 성깔 한다 이거야!! 어차피 집에 갈러라구 한 이상 계속 있을 필요도 없다 _

　쇼파에 던져져있던 내 가방을 가지고 현관 쪽으로 향하는 나 _!

　"잠깐 서."

　그 녀석의 약간씩 떨러오는 음성 _ 흥!! 니가 열 받아서 목소리까지 떠나보지? 하지만 난 이제 안쫄이!!

　"왜??"

　그 녀석을 있는 힘껏 야리며 말했다(<-먹는 거 하나 땜에 목숨 포기하려는 인간)

　"가지마."

　"싫어 갈꺼야."

　"가지마."

　"갈꺼야!!"

　"가지마."

　"갈꺼라니까!!"

　"볶음밥 해 줄테니까 가지마."

　?.?.?.?.?.?.?.?.?.?

　볶음밥?? 지금 녀석이 볶음밥을 해주겠으니 날더러 가지 말라고??

　세상 살다보니 별일이 다 있구나 하하하하 _

　웬일이니~ 웬일이야~~~

　"정말… 해 줄꺼야? -_-+"

183

"그래_ 그러니까 빨랑 들어와서 앉어."

그 녀석 만난 이후로 처음으로 내 의사표현 제대로 해보고 첨으로 이겨봤다 ㅠ^ㅠ 눈물이 앞을 가리는구나 흐흑 _

젠장 ㅜ^ㅜ ㅜ^ㅜ ㅜ^ㅜ ㅜ^ㅜ

내가 들어와 쇼파에 앉자 그 녀석은 날 한번 씨익 쳐다보더니 부엌으로 들어가 버렸다.

정말 볶음밥 해줄 생각인건가?? 근데… 왜 이렇게 기분이 안 좋냐??

그제서야 내가 뭔짓을 했는지 조금씩 느껴지기 시작하고 _ 설마… 볶음밥 하다가 달구어진 후라이팬으로 날 쳐서 죽여려는 건 아니겠지?

자기도 인간인데 느끼는 게 있지 설마 그러겠어?? 아냐 녀석은 그러고도 남을 인간이야 ㅠ0ㅠ.

티비를 커선 보고있는데 자꾸만 부엌쪽이 신경 쓰인다. 그 녀석이 후라이팬 들고 갑자기 뛰어올까봐… -0-;;

그리하여 결국 녀석 몰래 살금살금 주방으로 다가가는 나 _ 주방으로 살금살금 기어들어가니 뒤돌아 서있는 녀석의 모습이 보이기 시작했다.

허리쯤에… 뭔가가 묶여져 있는 게 아무래도 앞치마 인듯_

저 녀석… 앞치마 입은 모습이라… 상상이 안 되는구나.

ㅋㅋㅋㅋㅋㅋㅋㅋㅋㅋㅋ

난 슬금슬금 다가가 그녀석이 엉덩이를 힘껏 내려쳤다((←이제 막

나감)

"으아아아아아아악"

그러자 갑자기 울려 퍼지는 녀석의 비명소리

"왜 그래? 왜 그래?? 응???"

"야!! 너 때문에 칼에 비었잖아!! 갑자기 치면 어떡해!! 죽을래?"

그 녀석이 피가 철철 흐르는 손가락온 날 향한 채 실기어린 눈빛으로 말했다.

악 _ 난 죽었다!!

"어뜨케… ㅠ0ㅠ 난 그냥 놀래켜 줄려고… 어떡하냐 _ 흑!! 피 많이 나네? 구급상자!! 구급상자 어딨어?"

최대한 불쌍한 척 _ 그리고 정말 미안한 표정 _

그것만이 내가 살길이었다.

하지만… 늙은 구랭이 같은 그 녀석에게 이런 방법이 통할 리 만무했다.

"불쌍한 척 하지마. 고소해 하는 거 눈에 다 보여_!!"

쳇 _ 포크로 콧구멍 쑤셔버렸으면 좋겠네!! 같은 말이라도 왜 저렇게 밉상인지…

"히잉 ~ 정말 미안해. 피 자꾸… 난다 _ 어떡해~~~구급상자 어딨어??!!"

"그딴 거 없어!!"

자랑이다!!! 이 좋고 넓은 집에 코딱지만한 구급상자 하나 없는게!!

녀석의 손가락에선 새빨간 피가 자꾸만 철철 흐르고 _ 일단 피를 멈추어야겠단 생각밖에 안 들던 나 _!!

곧바로 난 녀석의 손가락을 가져다 내 입에 넣었다 +ㅁ+!!

비릿한 피냄새와 함께 혓바닥에 느껴지는 피 맛… 한참을 그렇게 피가 난 손가락부분을 핥아내고 있는데 녀석과 눈이 마주쳐버렸다.

커억!!

지… 지금 내가 무슨 짓을 한 거야 _!! 순식간에 붉어져 오는 얼굴 _! 귀까지 빨개지내 봐 어떡해 _!!!

놀란 나머지 그제서야 그 녀석의 손가락을 입에서 빼버렸고 어색한 마음에

186

"오빠 _ 손가락 참 부드럽다 ~ 하하핫 ^^;;;"

하지만 그 와중에도 왠지 그윽하게 느껴지는 녀석의 눈빛

"진짜 부드러운 거 갈켜 주까?"

그리고 녀석 아주 느~~~~~~끼한 목소리로 나에게 다가오며 말했다.

오옷..!!!

자꾸만 자꾸만 다가오는 녀석의 얼굴 _

우웃…

지금 이런 게 키스를 하려던 그 바로?? 그 분위기가… 맞지… 싶다…

두근두근 세근네근 반근

아~~~~~~~~가슴 떨려 ㅠ^ㅠ 심장아 제발 멈추어 다오.

순간 _ 입술이… 닿았다… 녀석의 부드러운 혀도… 들어오려는 거 같다. 심장소리가 조용한 집 구석구석 울려퍼지는 것만 같다.

1초… 2초… 3초…

계속해서 시간은 흐르고… 한참동안 그 녀석의 부드러움에 모든 시간이 정지된 듯 하다고 느낄 때쯤 울려퍼지는 핸드폰 벨소리 _

외로운 가슴에 꽃씨를 뿌려요 _ 나는 나는 꽃을 든 남자~♪

녀석의 핸드폰 벨소리 _ 으~~~~~망할넘의 핸드폰 왜 하필 이때 울리는거야!! 이런 중대한 첫 키스의 시기에 _!!!

자꾸만 울리는 핸드폰소리를 뒤로 한 채 계속하여 하던 일을 마저 하려는 녀석 _ 하지만 그러기엔 핸드폰벨소리는 멈출 생각을 안했다.

187

결국 짜증을 부리며 핸드폰을 받는 녀석 _

"누구야!!!"

"어_ 바빠."

"그래 _ 미안하다."

누구와의 통화인지는 몰라도 바쁘단 말로 끊어버리는 녀석 _ 누구지?? 머가 미안한거지? 혹시 약속이 있었던건가??

"오빠 누구야?"

"어… 시아."

조금 전의 부드러웠던 분위기와는 달리 갑자기 온 집안에 찬물을 끼얹은 듯 고요해 지는 집 _ 아무래도 오늘은 녀석과 시아 언니가 약속이 있었던 날인 듯하다.

그렇게 흐르던 침묵을 깨고 분위기를 바꾸려는 듯 애써 웃으며 말하는 녀석 _

"헤~이 돼지! 밥 다 된 거 같다. 어서 먹자 _!!"

"정말?? 히힛! 그래!!"

그랬다. 결국 난 그저 밥이라면 죽고 못사는 _ 이런 심각한 상황에서 좋아라고 웃으버리는 돼지밖에 안 되는 기집애였던거다 ㅠ0ㅠ 생각 외로 그 녀석의 볶음밥은 맛있었다.

"오빠 근데 의외로 맛있다?"

"당연하지 내가 했으니까!"

하여튼 띄워주면 안 된다니까~

녀석이 해준 볶음밥 _ 후라이팬에 남아있던 것까지 싹싹 긁어서 먹은 나

그렇게 맛있게 다 먹고 나니 자꾸만 싱크대에 아무렇게나 널부러진 그릇들이 신경 쓰인다.그래도… 밥까지 얻어먹었는데… 미안한 생각에 싱크대 쪽으로 다가가 설거지를 하려고 물을 틀고…

그러자…

"설거지하려고?"

"응!"

"착한 척하긴."

아우씨!!! 저건 진짜 뭘 해주고 싶다가도 말하는 거 보면 정말 하기 싫어!! 해준대도 난리야 정말!!

"착한 척이 아니라… 그래도… 그냥 앉아있기 뭐해서 그런거야 뭐!!"

"됐어. 하지만 어차피 나중에 아줌마가 와서 할거야."

아줌마?? @.@

그래 너네 집 잘 산다고 또 나한테 자랑하는거지??

"그… 그래 -0-"

그래도 난 손에 물 안 묻혀도 되니까 좋다 뭐~

"아움… 오빠 심심해 _!"

"티비 봐."

"싫어~~ 심심해~~ 심심해~~ 놀아 줘~~~~"

"꼴깝한다고 또 애교떨지? 맞고 싶냐?"

"ㅠ^ㅠ 심심하단 말야…"

"옆에서 징징대지말고 심심하면 올라가서 컴퓨터나 해."

히힛~! @.@ 컴퓨터? 그거 좋은 생각이지!!

즐거운 마음에 깡총깡총 뛰며 2층 그 녀석 방으로 올라갔다.

빼놓지 않고 들리는 소리

"살살 뛰어! 무너져 -_-++"

온통 파란색인 방~ 심지어 컴퓨터까지 _ 파란색

컴퓨터를 켰다. 일단 멜 확인이나 해볼까?

다음 창을 띄우고 _ 아이디를 적는 부분에 내 아뒤를 치고있는데 갑자기 녀석의 컴퓨터에 저장된 녀석의 아뒤가 함께 찍힌다. 무심

결에 그 아이뒤를 누르니 비번도 따라 찍혀버렸다 -0-

물론 별표로 표시되어 내 눈에 보이진 않지만 비번이 찍힌 게 확실했다!!

으…… 고민된다 ㅠ^ㅠ 엔터키를 눌려야 하나? 말아야하나? 만약 보다가 걸리면? ㅜ^ㅜ ㅜ^ㅜ ㅜ^ㅜ

생각하기도 싫어. 그래도… 궁금하다 ㅠ0ㅠ

신이시여~ 어찌하여 제게 이런 고통을 주시나이까.

하지만… 설마… 들키겠어? 그냥 살~~~ 짝 보고 나와야지 _

이미 악마의 손길은 내게 뻗쳐있었다 -_-; 두려움 반 설레임 반으로 엔터키를 눌러버린 나 _

190

화면이 바뀌며… 그 녀석의 멜이 열렸다!!!! 오옷!!! 새로운 편지 2통

편지의 대부분은 나와 시아 언니_ 하지만 새로온 편지는 시아 언니의 편지인 듯 _

궁금하다 궁금해!! 보고 싶어 _!!!

결국 _

새 편지를 눌러버린 나 _

『나수야… 시아야… 움… 나 혼자 친구들 만나고 왔어. 오늘 친구들 만나러 가는데 너 꼭 데려가고 싶었는데 친구들한테 너 자랑할려고 잔뜩 모았던 거였는데 난 정말 니가 오늘만큼은 내가 만나기 싫고 귀찮고 하더라도 오늘만큼은 꼭 나와주길 바랬는데… 오늘 술… 많이 마셨어. 니 생각 많이 나네. 예전엔 내가 술마시고 전화하면 니가 항상 데릴러 와줬는데… 지금 뭐하니? 보고싶다… 많이… 정말… 나… 너무너무 힘들어…」

괜히… 본 것 같다. 웬지 모를 죄책감…

아무리 이 언니도 이중인격에 _ 내게 연기를 하고 착한 척을 하면서 뒤에선 날 씹어대고 나쁜 짓을 꾸며대었다고 할지라도 그래도 나수녀석을 사랑해서 다 그런 것일텐데…

우울한 마음에 그냥 컴퓨터 꺼버렸다. 그리고 그 녀석이 있는 1층으로 내려와 버린 나 _

쇼파에 앉아서 깔깔대며 오락프로 보는 그 녀석의 넓은 어깨를 보고있으니 내 맘이 왜 이렇게나 편해지는건지…

막상 시아 언니가 또 저렇게 나오니까 맘이 약해지다가도 녀석의 저런 모습을 보고있자니 포기하기가 정말 싫어진다.

나 정말 나쁜년 아닐까? 혹시… 둘이 서로 사랑하는데 내가 방해가 되고 있는 건 아닐까…?

웬지 모르게 밀려드는 외로움과 슬픔에 무작정 쇼파에 앉아 있는 그 녀석을 뒤에서 껴안았다.

"뭐… 뭐야?"

"… 그냥… 오빠… 그냥… 나랑 잠깐만 이러고 있자…"

"…그래…"

길길이 날뛸 줄 알았는데 의외로 가만히 있는 녀석… 한참을 그렇게 있다보니 어느덧 시간은 훌쩍 지나가 버리고…

"꼬맹아 집에 갈 때 됐지?"

"어?? 몇 신데?"

"10…시"

"웅… 그렇구나. 가야지…"

녀석은 그렇게 날 데리고 나와 집 앞까지 데려다 주고선 다시 되돌아갔고 오늘 녀석과의 첫 키스의 기억을 다시 되돌려보다가도 시아 언니의 메일내용이 떠올라 한없이 우울해졌다.

망할 그놈의 메일을 안 봤어야 했어!!

13 그녀와의 전쟁 -1-

어김없이 찾아오는 월요일

세상에서 월요일이 젤 싫어 _!

특히나 월요일 첫째시간은 전산수업 컴퓨터를 하면서 노닥거리는 것도 좋지만 컴퓨터실로 이동해야 하는 수업이기에 잠을 잘 수가 없다! 결국 반장에게 아프다고 거짓말을 한 채 책상엔 베개를 대신해 체육복 바지를 접어 깔고 -_-;; 아직 춘추복 차림인 위에는 체육복으로 이불처럼 덥고 -_-;; 잠을 청했다.

약간 열려진 창문 사이로 살랑살랑 불어오는 바람 정말 시원하고 기분 좋구나 _

잠 온다… 한참… 시간이 지난 듯했다.

허벅지 부근에서 느껴지는 나의 사랑스런 폰의 진동_ 난 허벅지의 떨림을 멈추고자 치마주머니에 있던 핸드폰을 꺼냈다.

졸려서 제대로 떠지지 않는 눈을 게슴츠레 뜨고선 폰 액정을 바라보았고

끄아아아아아아아아악!!!

말도 안 돼!! 이게 무슨 김밥 옆구리 터지는 소리에 빗자루 쓰리 삼단으로 날아다닐 소리래???

문자의 내용인즉

『꼬맹아_! 오빠는 이 지긋한 도시를 떠나 경주로 향한다. 오빠 없는 동안 이곳을 잘 지키고 한 3개월 은 못 볼 것 같구나_ 그럼 안녕~』

세상에나…… 이게 무슨 날벼락이래?? ㅠㅠ^ㅠㅠ^ㅠㅠ 분명 어제까지만 해도 아무 말 없었잖아!!!

설마 어제 나 때문에 손가락 베여서 삐져서 그런거야? 아무리 쪼잔해도 그거 때문은 아닐테고 결국 내가 널 힘들게 만들어서 도망가는거냐?? 응??

도대체 왜!! 왜 그 머나먼 경주까지 가냔 말이야!!!

놀래서 더 이상 오지도 않는 잠 _!

그대로 통화키를 눌렀다.

뚜르르르르르르 뚜르르르르르르르

"말해."

"오빠 어디야!!"

"고속도로"

"가긴 어딜 가!! 언능 안와?!?"

"꼬맹아~ 오빠 없는 동안 잘 지내라~"

"죽을래?!? 빨리 못 와? 나 두고 가긴 어딜가!!!?"

"오빠 정리 좀 하고 돌아올게 안녕_!!"

툭

허… 기가 차서 헛웃음밖에 나오질 않는구나. 도대체 이게 뭔일이여!!

그 이후로 정신 산만해 수업이 언제 시작하고 언제 끝났는지 모르겠더라. 수업시간 내내 공책에 그 녀석 이름을 적으며 경주와 이곳과의 거리를 계산했다.

그리고 그런 날 지켜보던 니코틴년_

"미친년 또 청승떠네…"

ㅠ0ㅠ 젠장 도대체 거기까지 왜 가냔 말이다!!

어느새 학교가 마친건지 _ 니코틴년은 하루종일 청승떨던 날 질질 끌고 집으로 향하고 있었다.

집에 도착한 나… 심란해도 어김없이 컴퓨터 켜는 건 잊어버리지 않는다 _

언제나 내가 사랑하는 오마이러브_

방제 〈나수 개자식 날 두고 경주라니!!〉 란 어설픈 -_-;; 제목으로 왕따놀이를 하던 중 _

시아 언니가 들어왔다.

『은서야 ^^ 머하니?』

가식적인 웃음이구려 낭자 -_-

『어… 언니… 그냥 이런저런 생각… 근데 나수 그놈의 자식은 갑자기 웬 경주래? 놀러 갈데가 그래 없었대?』

하지만 아무렇지도 않게 이야기하고 있는 나도 우습다 -_-

『아~ 나수 경주간 거 때문에 그러는구나?』

어라?? 시아 언니는 알고 있었던건가?

『언니… 알고 있었어?』

『응 ^^;; 어제 밤에 알았어. 그런데 놀러간 거 아니고 아마 일하러 간걸껄?』

일?? 백수가 할 일이 어디 있다고 일을 하러가? 그리고 일을 하면 여기서 해도 되는데 무슨 굳이 경주까지??

『무슨 일을 하러 경주까지 가?』

『그게… 경주에 누나가 사나봐 ^^ 그냥 누나가 이번에 심심해서 부업 같은 걸로 인형가게 같은 거 하나 개업해따더라구~ 몇 달 누나 집에서 살면서 가게나 봐주러 간다구 하더라… 머릿속 정리도 할겸…』

젠장!!

지놈이 무슨 일을 한다고!! 그런데 누나가 경주에 살았던가?? 분명 작년까지도 아니었는데… 무엇보다도 내가 모르는걸 시아 언니가 아는 사실이 더 열 받어!!

『^^;; 하하… 그렇구나… 그랬었군. 하긴… 그나저나 애인이 멀리 떠나버려서 어떡해??』

『괜찮어 ^^ 어차피 잘 만나지도 않았고 보고싶음 주말에 경주가면 되지 ^^』

헉!!

역시 대단하다. 난 전혀 그 생각은 못했건만 경주까지 갈 생각을 다하다니…

참… 당신도 대단해…

그렇게… 녀석이 경주로 떠나버린 지 어느덧 일주일이 지나버리고 그 녀석 없는 이 도시에서 처음으로 맞는 주말이 다가왔다. 잘 있으라며 아주 멀리 가는 것처럼 불과 일주일 전에 말하던 녀석은 그곳에 간 후 매일 심심하다며 평소보다 훨씬 더 많은 전화를 했었고 간혹 "아저씨 동전 바꿔 주세요" 란 소리가 들리기도 했다.

그 녀석이 없는 처음 맞는 주말 _

어제 시아 언니랑 같이 오늘 경주로 놀러오라고 전화가 왔긴 했지만 왠지 시아 언니와 함께라는 사실이 찜찜해서 가지 않았다. 지금쯤 시아 언니랑 그 녀석 만나겠지…?

전화… 나 걸어볼까?

그 녀석이 일하고 있는 가게로 전화를 걸었다.

뚜르르르르르르 뚜르르르르르르르

"여보세요~"

왠 여자소리??

"여보세요~ 전화를 거셨으면 말씀을 하세요."

"저기… 그게… 거기…"

"어?? 은서니?"

"예… 그런데… 누구신지??"

"나 시아 언니야 ~!!!"

난 역시 바보였던가? 전화 받는 사람 거기서 거기일 테고 그 녀석이 안 받으면 거기 놀러간 시아 언니밖에 없을 텐데 도대체 난 왜 그 단순한 것도 생각을 못 한 것일까…

성말 이럴 때마다 섭시물에 고박고 죽어버리고 싶나!! 그나서나 시아 언니 꾕장히 들뜬 목소리다.

좋은가보다 나도 갈걸 그랬나…???…

"응…^^ 언니 나 은서, 나수 오빠는 머하고 언니가 전화 받어?"

"어 ^^ 나수 지금 꼬맹이들이랑 철권 하구 있어."

철권… 나이가 몇 살인데 꼬맹이들이랑 철권을 붙어서 하구있냐??… 참…

"-_-;; 그래? 잼있어?"

"^0^ 응 꾕장히 잼있어."

욱!!

나두 갈걸 그랬다!!!…

"그래?? 그럼 잼있게 놀구 나중에 나수 오빠보고 나한테 전화 왔었다고 전해 줘."

"왜?? 지금 바꿔 줄게."

"아냐~ 됐어 끊어~"

으아아아악_!!! 설마 둘이 하루종일 같이 있다고 다시 뭔 일이 나거나 그런 건 아니겠지? 이럴 줄 알았음 정말 나도 갈걸 그랬어_!!!

다음 날 오후 _

해가 뉘엿뉘엿 넘어갈려고 하는 나른한 일요일 오후 _ 녀석에게 전화가 걸려왔다.

"어제 전화했었다며?"

"응 _ 시아 언니가 받더라?"

"아 _ 그때 오락하고 있었나보다."

"나이가 몇인데 _ ㅉㅉ"

"너도 여기 와봐라 나처럼 될테니 _!! 앗 ! 꼬맹아! 오빠 지금 바쁘다. 좀 있다가 다시 전화할게!"

툭_!!

그래도… 전화가 와서 다행이긴 다행이야 - -

인형가게에서 할 일이 뭐가 있다고 그렇게 바쁜 척을 한대? 그런데……

전화 중간중간에 시아 언니 목소리가 들린 것 같다. 혹시 어제 안 내려갔나?? 그럼 어디서 잔 거지?!!!!????

설마. 같이 누나 집에서 잔 건 아니겠지?? 설마 정말 같이 누나 집에서 잔 걸까…… ㅠ0ㅠ????

녀석의 누나가 좀 심하게 개방적이긴 해도… 그래도……

아아아앙ㄱ 몰라몰라 어떡해!!!

주말 내내 행여라도 녀석과 시아 언니의 사이가 다시 좋아질까봐 걱정하느라 얼굴이 말이 아니었다.

그리고 다시 찾아와 버린 새로운 월요일 _

언제나 그렇듯 교실에 도착해 잠 잘려구 하는 중 우리 반 아이로 추정되는 애가 다가오더니 심하게 몸을 부르르 떨면서 _

"은… 서… 야 저… 기… 잘려구 하는 거 방해해서 미안한데 니 친구들이 너 오면 자게 내버려 두지 말고 매점으로 곧장 오래… 오늘도 안 오고 자면 죽여버린대… 그리고… 너 친… 구들 너무 무서워 ㅠ_ㅠ 솜… 우리 반에 놋 오게 하면 안될까?"

무척이나 쫄은 듯해 보이는 우리 반 아이 _ 눈에 눈물까지 그렁그렁 맺혀서 -0- 매우 힘겨워 보였다.

나의 친구들 _ 홈 …

여태껏 등장한 적은 없었지만 나는 니코틴년 외에도 5명의 친구들이 더 있었다.

약간의 싸이코 기질 있는 나, 니코틴을 사랑하는 주희, 외국애 같이 생긴 J양, 얼굴이 주먹만한 S양, 몸매만 예술인 Y양, 나이트를 굉장히 사랑하는 나이트 쭉쟁이 C양, 싸움을 잘하기도 하지만 오히려 즐기는 H양, 가장 조심해야할 년이 바로 H양이다. 이 지지배 굉장히 무서운 지지배다. 행여나 이년이랑 맞짱같은 거 뜰 생각하면 안 된다. 그 날로 차라리 죽을 각오 하는 게 낫다.

외모에서부터 무서움이라는 게 물씬 풍기는 H양, 만약 내 친구가 아니였음 무척이나 무서워했을 여자이다!

어찌하였든 이름하여 칠공주파 _

유치하니? 미안하다 ㅠ0ㅠ 하지만 우리도 유치하다고 생각한다.

그냥 장난삼아 다모임에 한번 칠공주파라고 올려 썼는데 이 일대에 소문이 다 퍼져버렸다. 어쩌다 우리학교 학생 다른 남학교 학생이랑 채팅하다보면

"너희 학교에 칠공주라구 있지?"

이렇게 묻는단다 ㅠ0ㅠ

한번은 학교 앞 골목에서 담배 피다가 경찰한테 걸렸는데 글쎄 경찰아저씨들 하신다는 말씀이

"너희가 그 유명한 대명의 칠공주냐??"

이러시더라 _ 정말 쪽.팔.렸.다

200

인문계 고등학교 갔으면 공부나 할 것이지 유치하게 뭐 저런걸 하고 다니냐고? 하지만 우리도 그럴려고 그런 게 아니다 _!

중학교 때 친구들 모두 여상으로 떠나보내고 혼자 대학 가볼려고 인문계 온 벌로 왕따 생활 여러 날… 그러나 똑같은 년들끼리 만나 이러고 있는 것이었다!

어찌하였든 중학교 때 놀다가 어느 날 갑자기 공부한 애들이다 보니 그 버릇이 어디가겠느냐… 학교에서 사고란 사고는 다 치고 다녔었고 결국 우린 학교에서 두려운 존재가 되고 말았다 _ 그러니 울반 애들이 두려움에 떨 수밖에 ㅠ0ㅠ 물론 나는 울반 애들이랑 잘 지내지~~ 나의 원활한 성격 탓이랄까?

-_-ㅋ 젠장 미안하다. 원활한 성격이 아니고 내가 좀 만만하게 생겼다.

어찌하였든 난 친구들의 협박에 내가 사랑하는 잠도 못 잔 채 매점으로 발걸음을 옮겼다.

"왜 불렀어?"

"-_-++ 이년아 왜 이렇게 늦게 와?"

"음식냄새 나는 매점 뭐가 이렇게 좋다고 맨날 모이냐? 차라리 잠을 자!!"

"죽을래?"

"-_-;; 아니…"

솔직히 내 인생 비굴했던 거 한두 번도 아니고_ 세상 살면서 때론 비굴도 필요한 것이다.

"그나저나 왜 불렀어?"

"오늘 대상상고랑 건전한 만남을 가질까해서~"

건전한 만남?? 그런 건 개나 줘라 해라. 만나면 술 마시고 담배 피는 게 어찌하여 건전한 만남이란 말이냐!!

그나저나 대상상고??

대상상고라면… 그… 김나수 그녀석이 나온 꽃돌이 학교??

우헤헤 +_+ 거기 잘생긴 애들 많은데 기대된다 ~~~~

그렇게 기대에 부푼 채 친구년들과 오늘의 건전한 -_-;; 만남에 대해 토킹 어바웃을 하고 있는데

옛날 옛날에 한 옛날에 다섯 아이가_♬

전화가 왔다.

"여보세요?"

"꼬맹아 머하냐?"

"그냥 왜??"

"오빠 심각하다"

"머가~~"

"시아 짐 싸들고 경주로 왔어."

?.?

머??? 시아 언니가 멀 싸들고 어디를 와????

"머?? 그게 뭔 소리야??"

202

"글쎄 짐 싸들고 학교 자퇴쓰고 여기로 왔다고!! 나랑 이제 누나 집에서 같이 산다고!!"

말도 안 돼!! 아무리 시아 언니가 나수 그 자식한테 정신이 팔렸어도 그렇지 어떻게 학교까지 자퇴쓰고 짐 싸서 그 자식한테 가냔 말이다!!

그리구… 분명 녀석이랑 같이 있으면… 뭔 일이 날텐데… ‑‑;; 이건 절대 안될 일이야!!

"오빠… ^^;; 장난… 이지? 호호… 말도 안 돼. 어떻게 학교까지 자퇴쓰고 올라가!!"

"나도 말 안 된다고 생각하는데… 사실이야^^ 그러니까 내가 미치지!! 학교 자퇴까지 쓰고 올라왔으니까!!"

그래 너도 대충 심각하겠구나. 어쩌면 니가 한 여자 인생을 망친

일이지 않느냐.

　그나저나 시아 언니 복학한지 얼마나 됐다고 또 자퇴를 써!! 그
여자는 대체 뇌가 있는 거야 없는 거야!!

　"어쨌든 알았어. 나 지금 친구들이랑 이야기 하니까 내가 나중에
전화하……"

　그냥 끊어버리는 놈 -_-

　으~~~~정말 안 그래도 열 받는데 끊는다 끊어!!

　"애들아… ㅠ0ㅠ 나 어떡해~~~ 글쎄 나수 그 자식이랑 시아 언
니랑 같이 산대!!"

　"?.? 머?? 그게 뭔말이야??"

　12개의 눈알들 일제히 시선집중 -_-;;

　"그게… 나수 그 자식 일도 할겸 머리도 식힐겸 누나집 경주 같
잖아…"

　"그래… 근데 머머머??"

　이 지지배 나보다 더 흥분해서 묻는다. 그런데 그 흥분이 왠지 즐
거움인 것 같은 느낌 -_-

　"근데…-_-;; 글쎄 시아 언니가 자퇴쓰구 짐 싸들고 누나집으로
갔대!!"

　"허걱!! 진짜야? 진짜야? 으와~~~~그 언니 진짜 멋지다~"

　-_-+++++ 쓰글년들 저것들이 친구 맞는지…

　"야 이년들아!!!!!! 지금 그 언니 멋지단 말이 나오냐? 혹시 둘이
무슨 일이라도 생기면 어떡해!!"

203

"에이~ 설마… 혹시 뭐 거기 누나도 있고 조카들도 다 있는데 무슨 일이야 있겠어?"

"그래그래 없을꺼야. 머 설마 무슨 일 있겠나?"

"그… 그렇지??"

ㅠ0ㅠ 고마운 년들 _ 그래도 친구라고 위로 해주다니… 니들밖에 없구나 _!!!

하지만… 나의 가슴에 비수를 꽂는 니코틴년의 한마디

"왜~ 문 잠궈놓고 모두 잠들었을 때 사고쳐도 되지~ 잘하면 애도 생기겠다~? 그럼 나수 오빠랑 시아 언니 이제 결혼하는건가?"

크아아아아악 !!

대체 니코틴 저년을 어찌해야 할꼬!!! 중국 가서 포청천 아저씨를 불러서 개작두로 목을 댕강 쳐버리야 되나?? 앙??

결국 오늘도 역시 심란한 마음에 수업하나 제대로 못 듣고 _ 학교가 마쳐버렸다. (항상 안 들었었음)

그리고 하교 후의 꽃돌이들의 모임 대상상고와의 건전한 만남도 별로 재미없었다. 사실대로 말하자면 잘생긴 애들이 없었다 -_-; 작년까진 얼마나 다들 잘 생겼었는데!!! 우리 해에서 물 다 버렸어!! 제길

흐흐흑…

이딴 게 다 무슨 소용이야. 내가 이러고 있을 사이 시아 언니랑 그 녀석 아침에 일어나서 같이 밥 먹고 같은 공간에서 잠자고 그러고 있을 텐데… 미쳐버릴 것만 같애!!

그 날 이후로 난 나날이 나날이 걱정만 하면서 주말이 다가오기만을 손꼽아 기다렸다! 그리고 결국 다가온 토요일!!

오늘은 개교기념일이라서 학교를 안 간다!!

자 _ 은서야 경주로 가자꾸나 _!!!

14 그녀와의 전쟁 -2-

때마침 시아 언니의 친구도 시아 언니를 만나러 경주로 간다길래 함께 가기로 했다 _! 물론 난 나름대로 녀석을 놀래주기 위해 내가 경주로 간다는 사실을 숨겼고 시아 언니 친구에게 시아 언니한테도 내가 간다는 사실을 비밀로 하기로 했다.

하지만…

역시 세상을 좁은 것이었을까??… 하필 우리가 타고 있던 고속버스에는 시아 언니의 학교 남자친구 〈-단순남자친구 -_-;; 가 타고 있었던 것이다!!

제길 _!!

왜 이다지도 내가 뭘 좀 해보려고 하면 걸리적거리는 것들이 많은건지…

그나저나 참… 경주는 멀구나 ㅠ0ㅠ 어찌 이렇게 가도가도 끝이 안보일까????

한참 후 _ 한숨 푹 잤다는 생각이 들고나서야 시아 언니 친구 민경이 언니랑 경주 터미널에 내릴 수 있었다_

민경 언니와 함께 난 택시를 잡아탄 우리 _!

"아저씨~ 킹스마트 주변의 유림초등학교 앞으로 가주세요!"

조금 후 유림초등학교 앞에 도착하였고 보이는 건 황량한 길과 유림초등학교의 운동장뿐인 이곳__,

민경 언니가 시아 언니한테 전화를 걸었다.

"시아니? 어… 도착했는데… 그래… 알았어."

"언니 머래?"

"어~ 시아 지금 일루 나온대 ^^"

10분 정도가 지났을까?? 조금 기다리니 저 멀리서 아줌마 슬리퍼에 정장바지와 위에는 쫄티를 입은 시아 언니가 나타났다.

꽤… 나 엽기적이구나…

우리를 데리고 한 아파트로 들어가는 시아 언니 _ 이 아파트가 나수 녀석의 누나 집이었구나.

1층.. 2층.. 3층.. 5층.. 6층.. 7층..

7층.. 인가 보다.

현관문이 열리고… 젤 처음 나와 민경이 언니 시아 언니를 맞은 건 참으로… 희한하게 생긴 치와와 _

그 치와와를 보며 느낄 수 있었다.

'니 인생도 참… 불쌍하구나… =_='

어쨌든 그 녀석 누나 집에 신발을 벗고 발을 들여놓자 마자 들려

오는 소리

"남의 집에 왔으면 인사부터 해야지."

언제나 그래왔듯 싹바지가 없는 소리 _

소리난 쪽을 돌아보니

헉+0+

그 녀석 머리띠를 하고선 컴퓨터하며 앉아있었다. 하여튼 잘생긴 것들은 뭘 해도 어울리는구나 ㅠ0ㅠ

그런데 _!!

저놈의 자식 오랜만에 동생이 왔는데 그것도 이 머나먼 경주까지 오셨건만 저렇게 앉아서 싹바자기 없는 소리나 해?? -_- +++++++++ 정말 내가 왜 왔는지…

어쩌다보면 나는 왜 내가 저 녀석을 좋아하는지 가끔 이해가 안 간다.

시아 언니는 들어오자마자 뭐가 그리도 급한지… 식탁에 앉아 열심히 허겁지겁 먹기 시작하고 _ 우리가 뭐하냐며 쳐다보자 다 뿔어터진 라면을 건네면서 하는 말

"좀 먹을래? ^^"

_0_;; 내 인생 이토록 살면서 이렇게나 불어터진 라면은 보지도 못했구나. 어떻게 라면이 이렇게 말라비틀어진 짜빠게티 같을 수가 있는 걸까_ -0-? 정말 나보다 더 요리 못하는 여자 첨이야 _!!

"^^;; 아니 우린 됐어."

동시에 말한 민경 언니와 나 -_-ㅋ

시아 언니… 한참 먹다가 자기도 도저히 안되겠는지 포기하고 싱크대 쪽으로 냄비를 들고 가버렸다.

옳은 선택이야_ 그런걸 먹는다는 건 거의 불가능하다고 볼 수 있지 _

시아 언니가 라면을 버리고 나수 그 녀석 컴퓨터 끄고서야… 우린 그 녀석이 일하는 인형가게로 향할 수 있었다.

알고 보니 점심 먹으러 들어온 것이었고 가게엔 누나가 있댄다.

참!! 그 녀석에게 초등2학년이랑 6살짜리 조카들이 있었다. 초등 2학년은 여자 6살짜리는 남자아이 _ 은지는 참… 착하고 말도 잘 듣고 하는데 경완이는 왜 이렇게도 개구쟁이인지 ㅠ0ㅠ

집에 애들만 둘 수가 없어 같이 데리고 나왔다. 나가는 길 은지 손잡고 물었지_ ♬

"은지야 ^^ 시아 이모가 좋아? 아님 외삼촌이 좋아?"

"옹 ^^ 이모가 좋아. 외삼촌은 싫어."

-_-;;; 불쌍한 녀석… 니녀석은 조카들마저 널 피하는구나.

그나저나 시아 언니에게도 이모이모 _ 하던 은지나 경완이_ 나한테도 역시 이모~ 소리를 하기 시작했다.

아직 어린 사촌동생들만 줄줄이 있고 조카라고는 하나도 없는 내겐 정말 어색한 이모 소리 _

그치만 기분은 좋더라 흐흐훗

모두들 인형가게 쪽으로 걸어가고 있는데 녀석 누나한테서 전화가 왔다.

"나수니?"

"어 누나 왜?"

"아니 애들 데리고 나왔어?"

"응 그런데?"

"은지는 학원 가야하니까 데리고 나오고 경완이는 니네중에서 아무나 집에서 좀 데리고 있어. 누나 너 가게 오면 어디 좀 들렸다 집에 들어가야 할 것 같애…"

"그래?? 알았어."

"시아야 너 그냥 집에 들어가. 가서 경완이 보고 있다가 누나 오면 다시 나와."

"응?? 그래… 민경이랑 같이 가두 되지?"

"어 같이 가. 야!! 근데 너 문은 잠궜냐?"

"응."

"열쇠는?"

"글쎄… 어쨌더라?"

"넌 그런것두 왜 똑바로 못 챙겨!!"

"미안… -_-;; 아!! 여기 있네…"

"너 아까 라면 먹은 거 설거지는 했어?"

"아니… 지금 가면 할게."

"죽을래!!"

209

나수녀석 정말이지 잔소리는 대마왕이었다. 무슨놈의 남자가 저렇게도 잔소리가 많은지 _ 저때 나보곤 설거지하지 말라고 하더

니…-_-;;

　그런데… 쓰댕 T^T 무슨 부부들의 대화 듣는 거 같아서 우울해ㅜ0ㅜ!!

　그렇게… 시아 언니는 경완일 데리고 민경이 언니랑 같이 다시 집으로 들어갔다.

　어떻게 보면 그 녀석이랑 둘이서만 있을 수 있어서 잘 된 일인데… 녀석은 내가 온 게 별로 기쁘지 않은 건지 별로 신경도 안 쓰고 _ 괜히 온 거 같다…

　결국 애꿎은 그 녀석의 조카 은지만 괴롭힌다. 놀자고 -_-;;

　"은지야 ^^ 이모랑 같이 가자~"

　"응 ^^"

　조그만한 게 말도 잘 듣고 어찌나 귀여운지~ 어떻게 조카랑 이다지도 틀릴 수가 있을까…=_=

　어느새 도착한 그녀석이 일하는 가게 앞

　"꼬맹아 너 여기 잠깐만 있어."

　그 말 한마디 하더니 그 녀석 휑하니 가게 안으로 들어가 버렸다. 나는 어떡하라고!!

　은지 두 손 꼬옥 부여잡고 ㅠ0ㅠ 앞에 멍하니 서있는 나 _

　잠시 후

　"엄마~~~~~~~"

　녀석의 누나가 나온 듯 _ 자신의 엄마를 부르며 뛰어가는 은지

　"안녕하세요 ^^ "

"어~ 은서 오랜만이네? 작년에 잠깐 보고 처음인가?"

"예^^"

짧은 인사… 녀석과는 다르게 참으로 좋은 녀석의 누나 _ 저 녀석은 같은 뱃속에서 태어났는데도 저렇게나 다른걸까?

난 녀석이 들어갔던 가게로 들어갔다. 꽤 아담하구 이쁜 가게 _ 하지만 초등학생이 옹기종기 모여 조그만한 오락기를 한다고 시끄러운 것만 빼면 참으로 좋은 듯 한데 − _ −;

그 녀석 꼬맹이들과 매우나도 친해 보였다.

"아저씨 나랑 철권 붙어요."

"좀 있다가 나중에… "

아저씨… − _ −;; 아저씨… − _ −;; 여기선 아저씨 소리 듣는군 하하…

211

가짠은 놈 그 나이에 벌써 아저씨소리 듣다니 _

한참 멍하게 서 있을 때쯤…… 그제서야 그 녀석 나에게 말을 하기 시작했다 − _ −++

"여기 앉어."

"쳇 _ 반갑지도 않냐??"

"전혀~~~~~"

괜히 왔다 증말 ㅠ0ㅠ 나쁜 자식!!

"그나저나 오빠 왜 그래? 괜히 나도 있는데 오빠 그렇게 화내면 시아 언니 민망하잖아."

"난 게으른 거 딱 싫어! 먹었으면 치우는 거 당연한거야."

기분이 좋아야하는데…–_–;; 진짜 부부들의 대화를 딸내미가 아빠한테 듣는 것 같은 기분이다.

젠장 기분 엿같애.

몇 시간…… 그 녀석과 오랜만에 대화다운 대화를 나누고 _ 잘 살았냐는 둥 잼있냐는 둥… 그러는 사이 시간은 흐르고 조금 후에 시아 언니랑 민경이 언니가 왔다.

역시나… 좋아하는 사람과 있으면 시간이 빨리 간다 했던가?? 시간은 정말이지 너무나도 빨리 흘러버렸다.

날이 어둑어둑 해졌을 쯤 그 녀석의 후배 정우가 왔다. 매우나 오랜만인 녀석의 후배 정우 _

작년 여름 여행 때 보고 처음인건가??

어색 어색 어색 (–_–)(–_–)

늦은 밤… 가게 문을 닫고 _ 모두들 술을 마시러 출발 _!!

얼마 만에 마시는 술이드냐 ~~~~~~~~~~~~

그런데 오늘따라 별로 약하지도 않는 내 몸이 나수녀석 말대로 약한 척을 하는 건지 왜 이렇게 몸이 안 좋지?? 아파서 술이 코로 들어가는지… 입으로 들어가는지… 또 술 얼마 마시지도 않았는데 왜 이리도 빨리 취하는지…–_–;;

녀석과 시아 언니에게 아픈 모습 보이고 싶지 않다. 그냥 왠지… 강한 모습만 보여주고 싶은 나 _!

정말 쓸데없는 자존심

혼자 화장실 들락날락 _

히잉~ 아퍼 _ 주희야 보고 싶어 ㅠ^ㅠ 왜 그리도 니코틴년이 생각나는겐지…=_=

마지막으로 화장실을 다녀오니… 아무도 없다 _ 혼자서 술을 따라 마시고 있는 그 녀석

"다 어디갔어?"

"어… 시아는 민경이랑 얘기 좀 한다고 나갔고 정우는 화장실…"

"그래? 흐흐 여봐라 _ 술 한 잔 따러보아라~~"

"꼬맹아 너 지금 머라했냐?"

난 술까지 마신대다가 아프니 간땡이가 부어터진건지 _

"술 따라보라니까~? 호호."

"이걸 그냥!!"

하지만 그러면서도 술을 따라주는 나수녀석 _

어색해~ 어색해~ 왜 이런대~~??

그 녀석 내게 술을 따라주며 하는 말이…

"오빠가 미안해… 계속 민경이랑 시아 너무 눈치보이네… 그래서 너 신경 못 써줘도 이해해줘…"

이건 또 무슨 귀신씨나락 까먹는 소리야?? 지금 천하의 김나수가 여자가 신경 쓰여서 맘대로 행동도 못 한다는거야? 허허… 참 세상 살다보니 별일이 다 있네?

"… 괜… 찮어. 나 괜찮어… 근데… 이건 내가 아는 오빠 모습 아냐… 내가 아는 우리 오빠 항상 당당하구 여자 앞에서 기죽지도 않고 하고싶은 대로 행동하는 그런 사람이야… 다… 괜찮은데… 오빠

이런 모습 나 적응이 안 돼…"

"휴… 그래 오빠도 여러 가지로 복잡하다… 그래도 일단 놀러온 거니까 잼있게 놀다가자 ^^"

처음으로 그 녀석과 진지해 봤다… 역시… 너한테 건네는 내 사랑은 모두 미안한 사랑인건가??

그렇게 둘이 얘기 좀 하고 있으니 시아 언니랑 민경이 언니도 돌아오고… 화장실 갔던 정우도 돌아오고 _ 우린 그렇게 술을 마시다 모두들 녀석의 누나 집으로 향했다.

그렇다!!! 오늘 전부 누나 집에서 신세를 진다 +_+

이 녀석과는 정반대로 성격 너무너무 좋은 녀석의 누나 ♬

우리 집도 아닌데… 남의 집에 그냥 이렇게 있으려니 이래저래 은근히 신경 쓰인다.

그러다가 내 눈에 띄인 컴퓨터 +_+ 그때부터 열심히 시작한 컴퓨터 _

그러던 와중 _ 어디선가 들리는 시아 언니의 즐거운 목소리

"나수야~~~~~~~~)0ᶜ"

시아 언니… 거실에 누워서 티비를 보고 있는 그 녀석에게 팔에 덥썩 눕더니 그대로 안겨버린다!!

헉!!!

순간 차마 볼 수 없어 고개를 돌려버린 나 _! 하지만 어쩔 수 없이 힐끔힐끔 살펴보게 되는데… 윽! 그러다 녀석과 눈이 마주쳐버렸다.

녀석도 당황스러웠는지 내 눈을 피해버리고…

으으~~~시아 언니 너무 얄밉구나 _ 꼭 저렇게 해야만 하는 건가???

괜스레…… 두 사람이 내 눈에는 행복해 보이고… 자꾸만 드는 정말 괜히 온 것 같다는 생각 _ 여긴… 아무래도 내가 있어야 할 곳이 아닌 듯하다.

몸도 피곤하고… 시아 언니랑 나수녀석 부부같은 모습을 보는 것도 너무나 싫고…

오늘따라 니코틴년은 또 왜 이렇게 보고싶은 거야!!

흐흐흑…

난… 그냥 그렇게… 모두가 잠든 새벽 경주를 떠나 내가 있어야 할 곳으로 돌아와 버렸다.

도착하고 보니 비가 조금씩 내린다. 니코틴년… 너무 보고싶다.

그냥… 발 닿는 대로 향했다. 도착해보니 니코틴년 집 앞 _

새벽이라 가족 모두 자고 있을 것 같아서 전화부터 걸었다.

뚜르르르르르르르 뚜르르르르르르르

자는건지… 안받는 니코틴년 _! 그렇다고 여기서 포기하면 내가 인간이 아니다.

받을 때까지 계~~~~~~속 쭈~~~~~~~~~~욱 했다 −_−;;

그리고 드디어 +_+ 다섯 번이나 전화한 결과 결국 전화를 받은 니코틴년 !!

"… 여… 보… 세… 요."

"……자냐?"

"누구야…?"

"나…"

"나 누구? -_-++"

"나… 흐… 흐흑"

왜… 왜… 니코틴년의 목소리를 들으니 갑자기 눈물이 나는건지…

"… 은서… 니?"

"으응… 흑…"

"우… 냐?"

"몰라…"

"어디야?"

"나… 지금 니네집 앞."

"집 앞?? 들어오지 거기서 뭐해?"

"…… 그… 냥"

"이년아 청승 떨지 말고 들어와!! 어차피 집에 아무도 없어!!"

"응…"

니코틴년의 집안으로 들어가서 계속해서 멈추지 않는 눈물…

"흐… 흐흐흐흐흑… 주희야… 주희야… 나 이제 어떡하니… 나… 어떡해…"

"…왜… 이래? 너 무슨 일 있었어? 말해봐 도대체 왜 그러는데!"

"… 나… 어제 경주 갔었는데… 근데… 시아 언니랑… 그 녀석

보고 있자니 너무 힘들더라… 흐흑… 정말 무슨 꼭 결혼한 부부들 보는 것 같아서 너무 힘들었어… 그래서… 그냥… 나 새벽에… 그 녀석한테 제대로 된 인사조차 안 하구… 그냥 내려왔어… 흐흑… 흐흑… 그냥 이렇게 와버렸어… 나도 모르겠어… 이제… 정말 내가 포기해야 하는 거 맞지? 둘이… 사랑하는 거 맞겠지? 근데… 내가… 방해하는거겠지?"

얼마나… 울었는지… 기억조차 나질 않는다… 그저… 그렇게 울어대는 날 니코틴년은 조용히… 안아주었을 뿐…

한참 울다 보니… 아침인가 보다 -_-;;; 배에서 꼬르륵 소리가 난다.

-0-;; 젠장

이렇게 심각한 상황에서도 배에서 꼬르륵 소리가 나는 나 같은 년은 정말 죽어버려야 해!!!

"……근데… 주희야…"

"왜?"

"나… 배고파."

"너 방금 전까지 죽을 듯이 울던 애 맞냐?? -_- 기다려봐!!"

니코틴년… 그래도 말은 언제나 험하게 해도 역시 넌 내 친구야!! 내가 너 때메 살어!! 너 때메!! ㅠ0ㅠ

잠시 후 니코틴년 맛있는 밥 차려놓고 나오랜다.

정말 맛있게 보이는 밥상 _

"^_^ 잘 먹을게."

217

"닥치고 처먹기나 해 -_-++ 너~ 근데 울다가 웃으면 어떻게 되는진 알지?"

"뭐… 살다보면 이런 일도 있고 저런 일도 있는거야… 짜샤 따지지 말어~"

니코틴년… 이런 날 보며 어이가 없다는 듯 피식 웃어버리는데… 그런데… 난 왜 이 순간 그 녀석이 일어나서 아침은 먹었는지 걱정이 되는건지 _!!!

나 돌았나봐!!

"…… 주희야… 근데… 그 녀석… 아침 먹었을까?"

"이 미친년아! 지금 니가 그 녀석 걱정하냐? 도대체 언제 정신 차릴래!!!"

아무래도 괜히 물어본 듯 -_-;

나수 그 자식 말 꺼냈다가 괜히 욕만 얻어먹었다. 하마터면 먹던 밥도 뺏길 뻔했다. 이제 니코틴년… 나수 그 녀석 엄청나게 싫어한다. 지 친구를 아프게 했다나 어쨌다나…

평소에나 좀 잘하지 꼭 이럴 때만 그런지 + 그래도…… 고맙구나 친구야 ㅠ0ㅠ

니코틴년네 집에서 아침을 먹고 푹~ 자다 오후가 되서야 집으로 돌아왔다. 내방으로 들어와 침대에 쓰러지자 마자 울려퍼지는 전화벨

언제나 느끼는거지만 정말 내 핸드폰은 정말 타이밍 굿이다 _

"여보세요…"

"꼬맹아 언제갔냐?"

내가 내려온 게 언젠데 이제야 전화를 해??!!

"내려온 게 언젠데 -_-"

"삐졌나?"

"아냐… 출근은 했어? 다들 잘 놀고 있지? 일해야지. 일해 시아 언니 눈치 보일거야. 나 끊어… 피곤해."

왠지 모르게 나는 짜증 _ 그리고… 질투

"휴=3 알았어 끊는다…"

"어…"

"그래…"

처음으로 내가 하는 말 다 듣고 끊어준 녀석 _ 별일이야…

그런데… 왜 이렇게 몸이 피곤하고 아픈건지… 원래 실연당하고 나면 다들 몸살 한다던데 나도 그런건가 ㅠ0ㅠ?

나 그럼 혹시 진짜 실연당한거야?? 천하무적 무쇠로 만든 이은 서 갑자기 왜 이렇게 아프니!!!

쨱쨱 아침이에요~ 일어나세용 >0<

쉽알끄 -_-++ 아침이다. 망할 나의 자명종 뽀새버리고 싶지만… ㅜ0ㅜ 자명종 하나밖에 음따 -_-;;

차마 아까워서 부셔버리지 못하는 소심한 나…T^T

어?? 근데… 머리가 너무 아프다. 눈앞이 빙글빙글 _ 내 교복이 두 개로 보인다…-_-;;

공중에 떠 있는 거 같애. 어…… 지… 럽… 다.

캄캄해……

집이다 +_+ 내방 천장이 보인다 -_-;; 학교에 있어야 할 내가 왜 집에 있지? 고개를 돌려보니… 아빠가… 아빠가… 앉아있다…… 도대체 뭔 일이래…-_-;;

"아빠? 아빠 나 왜 학교 안 가고 집에 있어?"

"저기… 은서… 야… 그게…^^ 너… 쓰러졌어."

뭐~어? 하하 천하무적 무쇠로 만든 인간 이은서가 쓰러졌어?

하하……=_= 스스로 기가 차서 헛웃음이 나오는구만.

그렇게 학교 가기 싫어서 제발 쓰러졌으면 좋겠단 생각할 땐 안 쓰려지더니… -_-;;

역시나… 세상은 오래 살고 볼일이야 +_+

그런데……-_-;; 아빠 표정이 안 좋다. 처음 쓰러져서 놀랬나??

"아빠…^_^ 웃기다 그지? 내가 쓰러지고 히힛~! 그나저나 학교 안 가서 조~타 〉0〈"

"저… 기 은서야… 너… 전에 검사 받은 적 있었지?"

"아~ 그때 위가 조금 안 좋아서 받았던 검사??"

"어…"

"근데^^ 위가… 더 안 좋아졌나봐… 검사 한번 더 받아보자 ^^"

"그래?? 그러지 뭐~"

대수롭지 않게 넘겼다… 사실…… 나에게…… 하하… 아주 웃지 못할 일들 많다.

=_= 젠장 이설은 코믹인데…

나… 사실 내 위로 여섯 살 많은 오빠가 있었다. 하지만 죽었다.
내가 초등학교 5학년 때…아파… 서… 죽… 었다. 많이… 아파서…

계속… 계속 이상한 생각이 든다. 안 그래도… 요즘 오빠 꿈 자주
꾸는데… 난 건강한데… 계속 정말 이상한 느낌만 든다.

예쓰~~~~~~~~~~~~~~~~~~~~~~!

학교 안 가고 병원에 검사 받으러 갔다 >0<

난 학교 안 가는 그 자체만으로도 즐거워~

씹알 -_-ㅋ 근데 위가 안 좋아서 검사하면 위 내시경 같은 거 해
야 하는 거 아냐?? 근데 먼넘의 지랄가튼 피뽑고 머 찍고 검사하는
데만 세 시간도 넘게 걸린다 -0-;;

슬슬… 짜증이 나기 시작했다 -_-++

애꿎은 아빠한테 화내는 나!!

"아빠 나 병원 안 그래도 싫어하는 거 알잖아? 위 안 좋아서 검사
한다면서 왜 이렇게 하는 게 많어? 그리고 나 지금 이거 왜 오빠 담
당이었던 저자식한테 받는거야? -_-++"

이 자릴 빌어 손박사 아자쒸께 용서를 빈다.

씨벨놈이라 한거… -_-;;

그치만 난 우리오빠 못 살린 그 아자쒸 정말 미웠었다 T^T

"은서야… 조금만 참어^^ 그냥 온 김에 종합검진 같은 거 하는 거
겠지…"

"내가 40대야? -_-;; 종합검진을 하게…"

"-_-;; 10대도 해도 되는거야."

어쨌든…… 지랄같이도 긴 검사를 마치고 ㅠoㅠ 집으로 돌아왔다.

ㅇㄴ…… 내일은 학교를 가야한다 ㅜ^ㅜ 피만 안 뽑으면 맨날 검사해도 좋은데…… 학교가는 게 싫은 것보다 학교 가서 미친 칠공주 지지배들

−_−;; 나 제외 여섯 명… 왜 안 왔는지 꼬치꼬치 캐묻고 병원 가서 감사받고 왔다고 하면 비웃을까봐 정말 가기가 싫어 −0−!! 난 역시 친구를 잘못 사귄거였어!!!

제길!!

이래서 친구를 잘 사귀어야 된다는 말이 있는 거다.

결국 내가 싫은 아침이 오고 말았다 ㅠoㅠ

가기 싫은 몸을 질질 이끌고 학교로 도착한 나_

"애들아~~~~~~나 왔어 〉_〈"

"−_−++ 씨벨논 어디 쳐갔다가 이제서야 오는거야?"

"−_−;; 나 기다렸구나 〉.〈"

"지랄병 닥쳐 어디 갔다 온거야?"

니코틴년이 말했다 −_−;;

저년 오늘따라 왜 저렇게 무섭대… 암말 없이 학교 안 온게 첨이라서 그러나…

"나..−_−;; 사실은… 병원 가서 검사 받았어…"

"우하하하하 낄낄낄 말도 안 돼. 천하무적 이은서가 뭘 해?? 검사를 받아? 하하 웃겨서 말도 안나와."

망할것들 −_−+ 꼭 그렇게 단체로 비웃을 필요는 없잖아!! 저런 것들도 내가 친구라고 그동안 함께 했다니 ㅠ_ㅠ

"야!!!! 나 그래도 쓰러지기까지 했었어 −_−++"

"말도 안 돼 −_−"

"진짜라니까!!!!!"

"야 _! 그냥 믿어 줘! 믿어 줘! 불쌍하잖아~"

그렇게 억지로 믿어주는 척 하는 친구들 −_−

그런데 니코틴년⋯⋯ 표정이 이상하다⋯ 니코틴년에게 나의 비밀은 없다.

오빠의 일까지 모두 알고있는 유일한 친구⋯ 왜 저렇게 표정이 이상한 걸까⋯

223

"야 너 왜 그래?

언니가 검사 받았었다니까 또 걱정돼서 그러는구나 >0‹"

"너⋯ 그렇게⋯ 웃어도 되는거야?"

=_= 니코틴년⋯ 의외로 심각하다. 정말 쓰러졌던거랑 검사 받았던 거 말 안 해서 삐진건가⋯−_−;;

⋯⋯ 아니다⋯ 니코틴년⋯ 내가 검사를 하면서 느꼈던 그런⋯ 이상한⋯ 느낌들⋯ 아는 것 같다⋯ 느낀 것 같다⋯

나랑⋯ 10년을 같이 해 온 친구니까⋯

15 미안한 사랑

집으로 돌아가는 길 _

오늘은 왠지 둘 다 어색하기만 하다. 니코틴년도 말이 없고 _ 나도 말이 없고 _

집으로 들어와 보니 아빠가 와 있었다. 혹시 우리 아빠 학교서 짤린건가??

참고로 말하자면 우리 아빠는 교수다. 그렇지만 난 돌이다 -_-;

"아빠 요즘 왜 이렇게 일찍 와?"

"응?? 어… 저… 기 은서야… 아빠가 할 말 있는데…"

오자마자 웬 할말?? 근데 왜 저렇게 말을 더듬어??

"뭔데??"

"일단… 옷 갈아입고 와."

"응 _

옷을 갈아입고 1층으로 내려오자 아빠 그새 어디서 났는지 술을 마시고 있었다 _

"대낮부터 무슨 술이야? 왜 그래~ 무슨 일 있어? 혹시 학교 짤렸어 -0-? 엄마한테 말 못하고 그래서 지금 괴로워 하는거야 -0-??"

"은서야 _ 너 검사결과 나왔어."

224

"@.@ 벌써 나왔어? 우와~ 빠르네. 그래 근데 그게 왜??"

"…저… 그… 게…"

"왜?? 위에 구멍이라도 났데? ^^"

정말… 웃으며 말했다_ 아무 생각도 없이…

그런데… 정말 그랬는데… 아빠 입에서 떨어지는 청천벽력 같은 소리…

"은서야… 너… 신현이랑 같은 병이란다_"

마… 마… 말도 안 돼… 오빠… 를 나한테서 뺏어갔던 그 병?? 이건… 정말 말도 안 돼. 나처럼 건강한 애가… 나처럼 튼튼한 애가… 아닐꺼야… 그래 아닐꺼야… 내가 잘 못 들은걸꺼야.

"아빠… 장난이지? 에~~~이 내가 요즘 말 안 들어서 그러는구  나? 장난치지마…"

"장난… 아냐… 너… 신현이랑 같은 병이란다… 너까지… 제길 너까지… 그러니. 은서야… 아빠 너까지 잃고 싶지 않어. 내일 당장 입원하자…"

이게 무슨 말이야? 내가 죽어? 내가 죽어? 천하의 이은서가 죽어? 오빠처럼 죽어? 이건 정말 안 돼!!

난 오빠 죽을 때도 오빠가 죽는단 생각 한 번도 안 해봤었어. 오빠가 죽었을 때 현실이라고 인정했지만 내가 죽는 건 그런 건… 티비에만 나오는 건 줄 알았어… 아니 지금도 그렇게 알고 있어!! 이건 오진이야… 분명히 오진이야…

그 돌팔이 손박사 자식이 잘못 안 걸꺼야… 그런걸꺼야… 내일

225

주희랑 가서 확인해 봐야지… 아닐꺼야… 아닐꺼야…

"… 아빠… 아닐꺼야… 맞아. ^^;; 아냐… 아냐… 말도… 안 돼… 안 돼… 나… 내일 주희랑 같이 병원 다시 가봐야겠어…^^ 내가… 아닌 거 증명해 올게…"

내가 죽니? 말이 되니? 이건 정말 말도 안 되는 일이야!!

내일 내가 가서 아니란 거 모두한테 확인시켜줘야지…

근데… 왜 이렇게 불안하지? 이은서 너 지금 뭐가 겁나서 이렇게 불안해하는 거야? 응??

너… 바보구나… 그런 말들을 믿다니…

결국… 심란해서 그 날 밤은 뜬눈으로 새웠다. 언제나 그랬듯… 난 니코틴년에게 말했다…

226

니코틴년 역시 웃으며 말도 안 된다고 한다. 하긴 나도 그렇게 생각한다.

둘이 병원 가서 손박사 그 새끼 돌팔이란 거 소문내고 다녀야지 _!! 흐흣

주희랑 나랑… 선생님께 말해 조퇴하고 돌팔이 손박사가 기다리는 병원으로 향했다. 간호사가 안 된다는 거 억지로 빡빡 우겨서 다시 재검사했다 -_-;;

손박사… 망할새뀌 이번에 직접 나왔다 ㅠ0ㅠ

"은서 왔니?"

"그래요 나 왔어요, 선생님 도대체 무슨 생각으로 내가 죽는다고 한거예요? 우리 오빠 죽는 것도 그랬어요!! 선생님 돌팔이 맞죠?"

망할 개랙터 같은 손박사 _ 한참을 가만히 아무 말도 않더니 날 보며 말한다. 불쌍한 눈으로 - _ -++

　"… 저… 기… 은서야… 받아들이기 힘들겠지만… 사실이란다… 아빠가 한 말들 다 사실이야… 근데… 넌 신현이랑 약간 달라. 치료만 받으면 살 수 있어. 그러니까 낼 당장 입원 준비해라…"

　이런 좆같은 일이!! 맙소사… 내가 정말 죽어? 내가 정말 오빠랑 같은 병이야?

　하하…… 하하……

　우스워서…… 너무 우스워서…… 웃음밖에 안 나와… 주희는…… 옆에서 우는데… 난… 웃음밖에 안 나와…

　당신이… 인간이야? 머?? 입원하면 살 수 있어?? 그때도 그랬었어… 오빠 때도 당신은 그랬었어. 입원하면 살 수 있다고… 난 이제 당신 말 안 믿어. 절대 못 믿어.

　난 그대로 주희 끌고 병원 밖으로 뛰쳐나왔다. 절대 네버 난 안 죽어 말도 안 돼.

　설마 죽는다 해도 난 상관없어 난…… 상… 관 없어…

　아… 그런데 니코틴년 자꾸만 옆에서 질질 짠다.

　이런 젠장 - _ -+ 누가 지금 당장 죽는대?

　"야!! 울지마 죽긴 누가 죽어? 나 안 죽어… 그리고… 우리 언제나 그래왔듯이 이 일 우리 애들한테는 비밀이야 알지?"

　"……말도 안 돼."

　"글쎄…… 비밀이야. 넌 친구가 죽는다는데 소원하나 못 들어주니?"

어설프게… 웃으며 말했다. 그러자 갑자기 무섭게 변하는 니코틴년…

"야이 씨발년아 너 지금 제정신이야?? 니가 지금 죽는다는데 웃음이 나와? 너 못 들었어? 너 신현이 오빠랑 같은 병이라고!!! 같은 병이란 말야!!! 너 죽을 수도 있단 말야. 근데 너 지금 웃음이 나와?"

알어…… 주희야… 나도 알어…… 그러니까… 너까지 그러지마… 그럼 내가 정말 죽는 거 같잖아… 그러니까 그러지마… 나 안 죽어… 정말이야 나 안 죽을꺼야… 나 그 녀석이나 너 두고 어떻게 죽니… 절대 못 죽어… 나 죽으면 그 녀석 누구한테 화풀이하고 누구한테 그런 싸가지 없는 짓들 하겠니… 넌 또 누구한테 담배 사오라고 부탁하니… 나 절대 안 죽어… 아니 못 죽어…

난…… 니코틴년…… 먼저 집으로 보냈다. 안 간다고 땡깡을 부리는 주희를 향해 낼 당장 병원 입원한다고 쌩구라깐 채…

ㅠoㅠ 친구야 미안하구나..

#집

집이다…… 오빠방…

오랫동안 잠궈 놓고 들어가지 않았던 오빠방…

그대로다. 오빠가 쓰던 모습 그대로…

오빠… 나 정말 오빠 옆으로 가는 걸까? 그런…… 걸까? 근데…

어떡하니… 나… 여기…… 이 곳에 사랑하는 사람이 생겨버렸는데… 오빠보다 더 사랑하는 사람이 생겨버렸는데…… 그래서 아직은… 아직은 갈 수가 없는데… 나한테…… 제발 시간을 줘… 나… 데려가지마… 내 눈에서… 투명한 눈물이 흘러내리고… 멈추질 않아… 그 녀석이 이 사실을 알면… 뭐라구 할까? 웃겠지…… ^^ 말도 안 된다고… 장난친다고 죽여버린다고 할지도 몰라… 헤헤…

비밀로 해야지…

절대 비밀이지… 근데… 근데… 내가 만약 정말 죽는 거라면…… 정말 그런거라면… 죽는 순간까지…… 아니 한 달만이라도…… 그 녀석이랑 같이 있었으면 좋겠다… 그랬음 좋겠다…

아!! 그러고보니 _!! 니코틴년!!

229

그년 언제 튈지 모르는 럭비공 같은 년이다.

<u>뚜르르르르르르르르 뚜르르르르르르르르</u>

"여보… 세요."

운 듯한 니코틴년의 목소리…-_-;;

쓰댕 죽는 건 난데 지가 왜 이렇게 처울어?

"울었냐? 왜 울어? 나 아직 안 죽었어."

"너 정말 내 손에 죽을래?"

"미안… 주희야 근데 너… 나수 그 녀석이나 시아 언니 귀에 행여라도 이 일 들어가면 너 죽고 나 죽는거야 _ 알지?"

"이 미친년! 넌 이 상황에서도 그 녀석이랑 그년이 걱정되니? 이은서 착한 척하지마. 너 그렇게 착한년 아냐. 오바이트 쏠려 착한 척 하지마. 그리고 난 몰라 내 맘대로 할꺼야!! 끊어!!"

툭!

--;; 헐… 이 지지배도 나수 그 녀석한테 먼저 끊는 거 배웠나… 그나저나…… 걱정된다…… 꼭… 무슨 일 저지를 것만 같은 니코틴년…… 근데 나 정말 사형선고 받은 애 맞어??

이런 게… 사형선고니? 그저 멍하니… 죽으면 죽는구나… 라는 그런 기분 _

아무것도 모를 그냥… 당황스러움… 아직도 꿈같은 기분… 이런 거구나… 이런 거였구나…

230

이런 심각한 상황에서도 난 혼자 중얼거리다가 잠이 들었다 _ 그리고 언제나 내가 잠자면 울리는 핸드폰

"여보세여~"

"야 너 죽어?"

그 녀석… 이었다. 뜬금 없는 소리_ 전화 받자마자 야 너 죽어? 라니 _…

설마…… 니코틴년 다 분 건 아니겠지? 아닐꺼야… 아닐꺼야…

나수 그 녀석 폰 잃어버려서 시아 언니 폰 쓰는데… 고년이 알 리가 없지…

젠장 --;

생각해보니 아닌 것 같다 _내가 다 말했었지!!

더 깊게 생각해보니 니코틴 그년 시아 언니 핸드폰 번호까지 다 안다 _

내가 미쳐 ㅠㅇㅠ

그나저나… 이 상황을 어떻게 넘겨야 할까..-_-;;

…… 아…… 정말…

"미쳤냐? 약 먹었어? 내가 그렇게 죽길 바라냐? 어떤 망할 년이 그딴 소릴 해?"

"니친구가 _!! 너 구라면 죽는다 _!!!"

…… 오빠… 근데 사실이야… 우습지?

"죽여 죽여 -0-!! 젠장 시끄러 죽겠어 끊어!! 잘꺼야."

이래죽으나 나수녀석한테 맞아죽으나 어차피 죽는 일 _ 이젠 나도 당당하게 살아 보련다 _!

사실은… 이렇게 웃고 싶지 않아… 나 사실은…… 너무 많이 힘들어…

아침…… 이다…

더 이상 학교 가기 싫어 고민하던 아침이 아니다… 하지만… 훨씬 더 괴롭다… 이젠… 하루하루가 지나가는 게 너무 무섭다.

아빠…… 가 입원하잰다…… 벌써 학교엔 다 말해 놓았다고… 이렇게… 입원하면… 이렇게 입원해버리면 설마 나수 그 자식 영원히 못 보는 건 아니겠지? 설마… 아니겠지?

아닐꺼야…… 아닐꺼야…

입원…… 안 할래…

그래!! 난 그냥 이대로 즐기고 가고싶어. 오빠처럼 그렇게 병원에서 죽고싶진 않아. 안 해… 안 할꺼야.

231

"아빠… 나…^^;; 그래도… 친구들이랑 정리할 것 두 있고… 일주일… 만 딱 일주일만 있다가 입원하면 안될까"

아빠… 날 쳐다보더니… 결국 허락했다.

이제…… 내가 해야할 일은 뭐지? 그래… 그 녀석!! 그 녀석…… 봐야지… 보고싶다… 많이… 많이 보고싶네 ^^ 그 녀석한테 가봐야겠어…

무작정…… 터미널로 향했다. 경주로 가는 버스… 다시는 경주 가는 일 없을 꺼라고 그렇게 다짐을 했었는데 훗 _

그나저나…… 가서 시아 언니 눈치가 보여서 어쩌지? 그것도 문제네… 그래도… 지금은… 생각하구 싶지 않어… 지금은… 내 맘대로 하고 싶어.

버스…–_–;;

첨에 혼자 앉았었는데 웬 할머니가 타셨다_ 딸이 짐을 내려놓으며 잘 가시라며 인사를 하고선 내리고… 할머니 =_= 부산까지 가시나보다_ 중간에 경주에서 사람들이 내리고 계속해서 부산행이다.

조금… 부럽다…

나도 커서 시집가서… 엄마가 우리 집에 놀러오고… 김치도 얻어가고… 반찬 안 해준다고 투정도 부리고… 그러고 싶었는데… 정말…… 이제 못 하는걸까? 정말……그럴 수 없는걸까?

우습다… 이은서 너 정말 약해졌다. 절대 안 믿는다고 혼자 그러던 년이…

그래… 난 안 믿어… 난 안 죽어.

할머니가 내게 말을 건네신다.

"아가씨 어디가?"

"예? 아~ 저 경주가요 ^^"

"경주?? 그렇구만… 이쁘게 생겼어~"

후훗 -_-)* 역시 할머니 뭘 좀 아시는군요 _

"감사해요 _^0^"

오버하자 재빨리 인상을 찌푸리시는 할머니 _

한참 말없이 차는 달렸다_ 자꾸만 밀려서 움직일 생각을 안 하는 고속버스 _

가만히 생각하니까 오늘이 5월 4일이다.

부처님 오신날 & 어린이날 전날… 그래서 그런지 차는 더욱더 막힌다 _

으~~~~~~~~~~지겨워!!! 배도 고프고 _

그때!!!

"아가씨 이거 먹을라우?"

할머니 =_= 나에게 오징어 다리 하날 불쑥 내밀며 말씀하셨다.

+_+ 당연히 먹죠. 할머니 흐흐훗 진작 좀 주시지 _!! 그나저나 이 오징어 정말정말 맛있구나 흑 _

오징어를 시작으로 할머니 짐 속에 있던 많은 음식들을 꺼내어주셨다. 앗싸_♬ 이게 웬 떡이야??

한참동안 그렇게 먹고 즐기다 보니 어느새 경주다.

아 _ 올 때는 지겨웠는데 막상 내리려니 아쉽구나 ~

"할머니 ^^ 저는 다 왔네요. 부산까지 잘 가시구요 맛있는 거 고 맙습니다."

"그래그래 아가씨 잘 가슈~"

할머니 매우나 반갑다는 듯 웃으시며 말씀하셨다.

나랑 헤어지는 게 그렇게 좋은가…? 제가 많이 먹어서 그랬던거 군요 ㅠ0ㅠ!!

할머니에게 상처받은 쓰린 가슴을 부여쥐고 -_- 택시를 잡았다.

"아저씨 킹스마트 앞 유림초등학교요~"

"네~ 서울에서 오셨어요?"

"아저씨 어떻게 알았어요? ^^"

"그냥 알았어요 허허… 근데 경주까진 웬일로 왔어요?"

"예~ 놀러왔어요 ^^ "

거참 오늘따라 가는 길에 말 거는 사람 많네 _

"누구 만나러 왔어요?"

"예 ^^ 친구요."

어느덧… 나수 그 녀석 있는 가게에 도착했다.

"아저씨 여기 세워주세요."

"혹시… 남자친구 만나러 온 거 아니에요?"

-0-;; 아저쒸… 쪽집게네… 근데… 하나 틀리셨네요… 그 사람 은 제 남자친구 아니거든요.

하핫 _-_ 이런 _

"아니에요 ^^;; 그냥 친구요~ 여기 돈요_ 그럼 안녕히 계세요."

움… 일단 내리긴 내렸는데… 그 녀석 놀래켜 줄려고 말을 안하고 오기는 왔는데… 이제 어쩌지 _??

일단 가게를 빼꼼히 내다봤다 _ 카운터에 혼자 앉아있는 듯한 그 녀석 _

어떤 식으로 등장을 해야할지 한참을 고민하던 난 결국 힘차게 가게 안으로 들어가는 무식한 방법을 택했다 -_-;

아주 당당히 카운터로 들어가는데 그런 내 모습을 뚫어져라 쳐다보는 녀석 _ 혹시 날 알아보고 놀란건가?? -0-?? 이러면 계획차질인데 -0-…

그래도 일단 밀고 나가자_!!

"아저씨~ 동전 바꿔주세요 _!!"

그 녀석 앞에 천 원짜리 한 장을 내밀며 말한 나!!! 매우나 황당해하는 그 녀석 _

"너… 너 뭐냐???"

"뭐긴~~~~~~오빠 보고 싶어서 왔지? 흐흐훗_"

"난 또 웬 큰 처녀가 가게로 들어오길래 뭔 일인가 했어 _ 근데 그게 너였냐?"

"그래서 실망이야? 실망이면 다시 내려가고! 쳇_"(←정말 간땡이 부어 터졌음)

"아… 아니 일단 앉어." (←성격 변한 나수_)

근데 이 녀석 왜 이래? 원래 가~ 가~ 빨리 가~ 이래야 정상인데… 적응 안 되는군 _ 그런데 시아 언니가 안보이네?

"오빠 시아 언니는?"

"시아 얘기 하지마 _!!"

이 자식이 왜 또 나한테 성질을 내고 그래 _?? 싸웠나_??

"싸웠냐?? 응?? 왜~ 시아 언니 어디 갔는데?"

"시아? 돌아갔어_ "

"싸웠어??"

"몰라. 걔 이야기는 꺼내지도 마!"

=_= 싸웠구만…

"근데 이거 시아 언니꺼 아냐?"

내가 시아 언니 물건들을 가리키면서 말하자…

"아~ 이거? 이거 내가 택배로 부쳐주기로 했어."

쯔쯔… 하여튼 성격 더러운 자식 싸워서 시아 언니가 삐져서 좀 내려갔음 달래주거나 할 것이지… 매정하게 짐을 택배로 부치겠다니 _

그런데……

눈치볼 사람 없어서 너무 기쁘구나 *ㅠ▽ㅠ*

그래 난 역시 니코틴년 말대로 착한 년이 아니었어 _!

"근데 왜 싸웠어?"

"오늘 죽고싶니?"

오랜만에 들어보는 소리구나 _ 후후훗 _ 오랜만에 보는 그 녀석의 인상쓴 얼굴 _무섭기보다는 정말 반갑구나 _♫

역시 죽을 때가 되면 사람은 변한다더니 나 정말 미쳤나봐 ㅠ^

ㅠ!!

"아니 안 죽고싶어… 이제 말 안 할게."

"그나저나 너 몸은 괜찮냐?"

설마…… -0-;; 혹시… 믿는 건 아니겠지? 그런거… 아니겠지?

"뭐래는거야? 나처럼 건강한 애가 무슨~ 웃긴다 후후훗_"

"시치미 뗄레?!?!"

"무슨 소리야???"

"너 아픈 거 다 알어. 내가 주희랑 통화까지 했어!!"

니코틴년 드디어 사고 쳤구만 _ 그럴 줄 알았어 내가 ㅠ_ㅠ

"그… 그랬니? 하핫_ 웃기지 않어 _ -0-?"

애써… 웃었다… 정말… 이 녀석에게만은 비밀로 하고 싶었는

데… 조용히… 떠나고 싶었는데… 니코틴년 정말 도움을 안주네!!

"너 힘든 거 다… 알어. 근데 오빠 안 믿어. 너 절대 안 죽어 무엇
보다도 너 같은 무쇠가 죽는다는 게 말이 되냐??"

꼭 같은 말이라도 좀 좋게 하면 될 것을 저딴 식으로 꼭 _!! 말하
는 싹퉁머리 없는 녀석_

그래도… 너도 안 믿는다니 다행이구나 _ 어쨌든 다행이긴 다행
이야_

그런데 원래 영화에서 보면 이럴 때 부둥켜안고 울고 난리던데…

하긴_ 내가 니녀석한테 뭘 바라겠니 -_-

"그런데 오늘 정우도 오기로 했는데 너 올 줄 알았으면 같이 오
라구 할껄… 으이구~ 하여튼 둘다 머리는 안 돌아간다니까 돌.빡.

들"

머라고?? 돌빡??

야_!! 그래도 나 인문계란 말이야_!! 넌 상고잖아_!! 너보다 머리는 좋다고_!!

아_외치고 싶다. 외치고 싶어_하지만 죽을 때가 되어서도 왜 이런 비굴병은 고쳐지지 않는단 말인가_!!!

"그… 그래? 좀 있으면 도착하겠네."

"그럴껄?"

"형아~~~~~~~~나 왔어 ♬"

우리의 대화가 끝나는 동시 정우놈이 도착했다. 호랑이도 지 말하면 온다더니……정우야 니놈도 절대 양반은 못 될꺼같구나_근데 무슨 양손에 짐들을 저렇게 많이 들고있지??

"왜 왔냐? 너 가!!"

"어쭈? 덤비냐? 니가 가! 난 형아가 불러서 왔어_!"

"내가 언제 너 불렀어?"

"형아_그럼 나 이거 다 들고서 다시 갈까?"

"옷만 두고 가_"

정우넘 뭔 놈의 짐이 그렇게 많나 했더니 모두 다 그 녀석 옷이었다. 그냥 대충대충 살지 정우녀석까지 시켜서 옷 가지고 오라고 시키긴…

"근데 형아!"

"왜?"

"형아네 엄마가 옷 주면서 하는 말이 옷에 구멍이 났다고 하더라? 그래서 확인해보니까… 정말 구멍났어. 그런데 이거 전에 개득이 빌려줬던 거 아냐??"

"머??? 빨리 옷 줘봐."

그 녀석 _ 정우의 짐들을 홱 _ ! 하는 소리와 함께 잽싸게 낚아채더니 재빨리 옷들을 확인하기 시작했다.

"이 망할 자식 개득이 이 새끼 잡히면 죽었어!!"

소리 지르는 녀석을 보니 아무래도 개득이_ 당분간 나수 그 녀석 눈에 안 띄는 게 참으로 좋을 듯하다 _

딱 보니까 담배 피다가 불똥 흘린거야 _ 쯔쯔… 담배를 펴도 조심조심 피지… 딴 녀석 옷이면 말도 안 해… 그것도 나수녀석의 옷을… 저 녀석 옷들이 다 돈이 얼마짜린데_

239

나수녀석 혼자 그렇게 세 시간이나 흥분해서는 개득이를 잡히면 죽인다고 난동을 부리고 덕분에 정우와 나는 함께 두려움에 세 시간 동안 벌벌 떨기만 했다.

아 _ 힘없는 자의 인생이여 ♬

한참 후 그 녀석이 조금 잠잠해지자 슬금슬금 말을 꺼내는 정우

"형아… 저기… 나 피자 먹고싶은데… 피자를 시켜줬음 하는 소망이 있어…"

정우 저넘이 죽을려고 환장을 한 건가 _… 때를 가려가면서 말을 해도 해야지…

"정우야?? ^^ 너 죽고 싶냐?"

얼굴에 웃음을 띄우고서 말하는 녀석 _

내가 저럴 줄 알았어. 저녀석이 저렇게까지 웃으며 말할 땐 웬만하면 안 건드리는 게 좋지 - _-;

그러나… 우리의 용감한 전사 정우_ 정말 죽고 싶은건지… 아님 피자에 미쳐버린건지…

"응 _ 피자 먹고싶다고 ♬ 나 형아 때문에 여기 온다고 누나랑 옷도 못 사러 가고 밥도 못 먹었어. 은서야 너도 먹고싶지?"

어거거거걱

이놈아!!! 죽을려면 너 혼자 죽지 난 또 왜 끌어들이는건데 _!!

그런데… 나도 살짝 먹고싶구나 - _-; 하루종일 먹은 거라곤 버스 안에서 할머니가 준거밖에 없는데 _ 흑

과연… 죽음을 택할 것인가… 먹을 걸 택할 것인가…

먹고 죽은 귀신은 때깔도 좋다는데… 일단 먹어 봐???

"응… 나도 피자 먹고 싶긴 해…- _-;"

"꼬맹아 너 지금 뭐라 그랬냐? - _-^"

"나… 나도 먹고싶다고 -0-…"

"이것들이 아주 단체로 작정을 했군. 니들이 사먹어!!"

쳇 _! 쪼잔한 놈

평소엔 먹기 싫다해도 억지도 먹이던 놈이 피자 하나 가지고 왜 저러는거래? 결국 등장한 불쌍한 나와 정우의 눈빛 공격

+_+_+_+_+_+_+_+ 〈-사 줘 ㅠ0ㅠ 제발 사 줘ㅠ0ㅠ

"오빠~~~~~~~~앙 제발 사 줘_!! 흑_"

"형아~~~~형아~~~~응?? 사줄꺼지? 사줄꺼지?"

"이것들아 오바이트 쏠려. 단체로 지랄이야 _!!! 시끄러!!!!!!!"

"ㅠㅇㅠ ㅠㅇㅠ ㅠㅇㅠ ㅠㅇㅠ 잘생긴 나수님 ㅠㅇㅠ 피사를 사주세요~~"

피자 하나를 위해서 이렇게 까지 해야만 하는가_ ?

그래도… 지지배가 칼을 뽑았으면(?) 무우라도 썰어야지 _! 맞는 말인가?? 어쨌든!!

정우와 나의 앙큼스런 애교덕분에 드디어 피자를 먹을 수 있게 되었다_!!

"알았어!! 알았어_ 사주께 사주면 될꺼 아냐!! 그런데 너네 피자집 전화 번호 아냐?"

"당연히 모르지 ~"

"그럼 피자 못 먹어!"

"왜!"

"내가 여기 온 지 얼마 됐다고 피자집 전화번호까지 외워!!!"

"그럼 우리 피자 못 먹는 거야?? 흑 _"

"어_"

나쁜녀석 _!!

이런 현실들을 다 예상했던거지?? 분명 일부러 그러는 거야_ 흑

"형아! 그런데 내가 오다 보니까 언뜻 피자집을 본 것 같은데 번호 보고 오면 되겠다!!"

역시 정우야 ~~~~~~ 넌 멋져 _!!

"-_-ㅋ 써글것들… 알았어… 알았어 같이 가보자."

그 녀석 드뎌 일어났다 +_+ 흐미~~~~~

"꼬맹아 너 카운터 잘 보고 있어라_"

"알았어~~~ 걱정말고 다녀와~~~ 번호 잘 외워 가지고 와~~"

"너나 잘 해_!!"

씨댕 _!!

맘 같아선 열 번이고 천 번이고 凸 날려주고 싶지만 피자가 날라 갈지도 모르기에_ 꾹꾹 속으로만 참는 나 _! 하긴 내 인생 비굴했던 게 하루 이틀인 것도 아니고 _ 이제 적응할 때도 되었다 _!!

그렇게 정우와 그 녀석은 피자집 전화번호를 알아내기 위해 밖으로 나가버리고

5분… 10분… 15분…

아니 무슨 피자집 전화번호 보러 나간 애들이 15분이 지나도 안 오지??

무슨 일이 있나… 설마… 사고라도??

아냐아냐 (--;)(--)(--;)(--)

아~~~~~~~~~~~~도대체 왜 이렇게 안 오는 거얏!!!!!

결국 20분… 이 지나버리고 _ 피자집 번호 알아내러 나갔던 녀석 과 정우는 20분이 지나서야 다시 들어왔다 _

"왜 이렇게 늦게 왔어??"

"아~ 글쎄 형아가 요~ 앞에 있는 가게는 맘에 안 든다고 딴 데 가자해서 온 동네 피자집 다 돌아다녔어 _!! 흐흑 _"

"도… 돌았어…? 아무데서나 먹으면 되지!!! 번호는??"

"당연히 알아왔지 _!! 빨리 시켜_"

녀석에게 전화번호를 받아 피자를 시켰다.

그런데… 뭔가가 이상해 _

그래!! 역시 우리는 바보였던 것일까 _0_??

어차피 번호 알아보러 갔던 김에 가게 안으로 들어가 피자 시키고 왔음 될걸 가지고 굳이 이렇게까지 시간낭비하면서 전화로 시켜야 했을까??!!

"오빠! 근데 그냥 어차피 간 김에 가게로 들어가서 시키면 되지 않아??"

"야! 쪽팔리잖아!!!"

그럼 여태껏 우린 니녀석의 쪽팔림 그 이유 하나로 이 바보짓을 했단 말이냐!! 그 녀석의 쪽팔린단 이유 단 하나로 바보가 된 우리 였지만 ㅠ0ㅠ

절대 반박할 수도 없는 이 불쌍한 현실

이윽고… 피자가 도착했다 _

그런데… 이 녀석 또 피자를 펼치며 한단 말이

"다 먹어야 해^_^"

변하질 않아 변하지 _!! 세월이 지나도 절대 변하지 않아요 -0-♬

"이 커다란 피자를 어떻게 다 먹어!!! 그리고 피자는 빨리 질리잖아!!!"

"니가 먹고 싶다고 했잖아 _!!"

이런 똥구멍을 막아버려야 할 자식!! 정말 니녀석 아무리 생각해도 나 죽을 때 널 아무래도 죽여야겠어 _!!!!

"걱정마 형아 내가 다 먹을게_!!"

"안 그래도 니네 둘이 다 먹으라고 할 생각이었어_"

한 조각… 두 조각… 세 조각…

아~ 세 조각… 더 이상은 죽어도 못 먹겠어_

"난 도… 저히 못 먹어. 정우야 니가 다 처리해."

"우… 우욱 나도 더 이상은 무리야 ㅠㅠ 안 돼…"

그리하여 결국 세 조각이나 남아버린 피자_. 평소에 세 조각 남은 피자를 보면 무진장 작아보였건만 오늘따라 저 세 조각의 피자는 왜 이다지도 크게 보이는지_!!!

"니네 둘 다 빨리 안 먹어??!!"

"나수님~ 나수님~ 저녁도 못 드셨는데 나수님 드세요 호호_"

"다시 피자 시켜달라고 하면 다들 죽을 줄 알어_!!!"

결국 남은 피자를 혼자서 다 해치운 녀석 _ 이제 두 번 다시 녀석에서 피자를 얻어먹길 글렀구나 글렀어 _ㅠㅠ

흐흑… 그래도 억지로 다 안 먹은 게 어디야. 지난번 돈까스와 통닭처럼 되었으면 난 바로 세상을 버렸을거야 ┰0┰!!

대충 저녁을 먹었다 싶어 약을 먹으려고 가방에서 약을 찾는데… 어라?? 약이 없다-_-;;

설마… 정말 없나?? 진짜로 없다 ㅠ0ㅠ

…… 그 녀석 앞에서 아프기라도 하면 안 되는데… 약 없이 무사

히 오늘을 넘기고… 어찌하다 보니 막차를 놓쳐버렸다_!! 난 아빠한
테 죽었어 _!!! 바로 아빠한테 전화를 걸기 시작한 나 _

뚜르르르르르르르르르 뚜르르르르르르르 뚜르르르르르르르르

"여보세요~"

걸~~~~~쭉한 아빠의 목소리_

"아빠??"

"은서야… 너 어디니? 빨리 안 들어와?"

"아빠… 그게… 나… 친구 집에서 자구 내일 들어가면 안될까?"

"빨리 들어와 안 돼!!"

"응~~~~~~~~~아빠~~~~~~ 어?? 정말 안 돼?"

"한번 안 되는 건 안 되는거야. 그리고 니가 지금 정신이 있는 거
야??!!"

나도 알아 내가 지금 말도 안 되는 소리를 한다는 거. 하지만…
모처럼 시아 언니도 없건만 _!!

나수녀석도 자고 가라며 웃는데…ㅠ^ㅠ

"아빠… 딱 한 번만… 딱… 한 번만 나 내일 집에 들어가면 하자
는 대로 다할게."

"안 돼!!! 오늘 들어오는 줄 알고 있을 테니까 좀 있다가 들어와
라."

탁!!

이런 _!!

아빠는 그렇게 냉정하게 나의 말을 잘라먹고는 전화를 끊어버렸

245

다_!! 나도 가고싶다고요!! 그런데 차가 없잖아!! 가고싶어 _!! 가고 싶다고!!! 날더러 어쩌라고!!

다시 한번 더 전화를 걸은 나

"너 정말 빨리 안 오고 계속 전화할래??"

"아빠!! 내가 이렇게 부탁하잖아. 이 정도까지 부탁하면 들어줘 야 하는 거 아냐? 난 왜 맨날 아빠가 하자는 대로 다 해야하는데? 아빠가 도대체 해 준 게 뭐가 있다고!!"

괜히… 난 그동안 쌓였었던 감정을 아빠에게 풀어버렸다! 하지만 지지 않고 맞서는 우리아빠 _

"너 안 들어오면 이제부터 내 딸 아니다!"

246

그렇게 차가운 한마디 남기고서 끊어져버린 전화… 내가 노는 것 도 맘대로 못해? 내가 내일 당장 죽어?

열 받아… 머?? 딸이 아냐?? 그래?? 나도 그딴 거 필요 없다 이 거야!! 다 필요 없어!

입원?? 어차피 할 생각도 아니었지만 잘 됐네? 입원 따위 안 해!! 잘 먹고 잘 살으라구 해!!

그렇게…… 2001년 5월 4일

나 이은서 세상 살면서 젤 간땡이 부어터진 그런 짓을 하고야 말 았다. 이름하여 가출이라 −_−;; 하겠다.

2권에서 계속

야!! 너 내꺼라고
경고 했쩌? vol.1

초판 1쇄 인쇄 2003년 7월 7일 / 초판 1쇄 발행 2003년 7월 9일
지은이 야.내.꺼.자.까 (박신영)
펴낸이 박대용 / 편집, 기획 최선영 · 임혜란
인쇄 대정인쇄 / 출력 프레스파크

펴낸곳 도서출판 징검다리 / 등록 1998년 4월 3일 (제10-1574)
주소 서울시 마포구 합정동 426-1
전화 3143-1966 · 332-3880 / 팩스 3143-2757
e-mail zinggumdari@hanmail.net

ISBN 89-88246-51-9,   ISBN 89-88246-50-0(세트)